MW01140434

Les éditions de la courte échelle inc.

Chrystine Brouillet

Née en 1958 à Québec, Chrystine Brouillet habite maintenant Montréal et Paris. Elle publie un premier roman en 1982, pour lequel elle reçoit le prix Robert-Cliche.

Chrystine Brouillet est l'un des rares auteurs québécois à faire du roman policier. Elle a d'ailleurs mis en scène un personnage de détective féminin. Comme elle aime la diversité, elle a aussi écrit une saga historique franco-québécoise, dont les trois tomes, *Marie LaFlamme*, *Nouvelle-France* et *La Renarde*, sont devenus des best-sellers en quelques semaines.

En 1985, elle reçoit le prix Alvine-Bélisle qui couronne le meilleur livre jeunesse de l'année pour *Le complot*. En 1991, elle obtient le prix des Clubs de la Livromanie pour *Un jeu dangereux* et, en 1992, elle a le prix des Clubs de la Livromagie pour *Le vol du siècle*. Et en 1993 ainsi qu'en 1994, elle remporte le prix du Signet d'Or, catégorie auteur jeunesse, où par vote populaire les jeunes l'ont désignée comme leur auteur préféré. Certains de ses romans sont traduits en chinois, en italien et en arabe. *Un crime audacieux* est le quatorzième roman qu'elle publie à la courte échelle.

De la même auteure, à la courte échelle

Collection Roman Jeunesse

Le complot
Le caméléon
La montagne Noire
Le Corbeau
Le vol du siècle
Les pirates
Mystères de Chine
Pas d'orchidées pour Miss Andréa!
Les chevaux enchantés

Collection Roman+

Un jeu dangereux
Une plage trop chaude
Une nuit très longue
Un rendez-vous troublant

Chrystine Brouillet

Un crime audacieux

la courte échelle

Les éditions de la courte échelle inc.

Les éditions de la courte échelle inc.
5243, boul. Saint-Laurent
Montréal (Québec) H2T 1S4

Illustration de la couverture:
Stéphane Jorisch

Conception graphique:
Derome design inc.

Révision des textes:
Jean-Pierre Leroux

Dépôt légal, 1er trimestre 1995
Bibliothèque nationale du Québec

Données de catalogage avant publication (Canada)

Brouillet, Chrystine

    Un crime audacieux

    (Roman+; R+36)

    ISBN 2-89021-235-1

    I. Titre.

PS8553.R684C74 1994   jC843'.43   C94-941523-5
PS9553.R684C74 1994
PZ23.B76Cr 1994

Chapitre 1

Alexis Lupin

— Alexis est devenu fou! m'avait dit Pierre.

Je ne savais pas quoi lui répondre.

— Non, il est amoureux, avais-je commenté.

— C'est pareil, Natasha.

J'avais souri à mon cousin qui avait un petit air ironique; on aurait dit qu'il avait oublié comment il se comportait quand il s'était épris de Maïa, puis de la belle Sarah.

Il était tout aussi bizarre que notre ami Alexis. Les mêmes symptômes se manifestaient. Les garçons me demandaient cent fois par jour ce que je pensais de l'élue, ils désiraient que je parle d'eux (en bien, et même en très bien) à celle-ci, et ils voulaient épater leur flamme avec une action d'éclat.

Alexis était pâmé sur Eugénie Leblanc. Comme elle se passionnait pour les romans policiers, il lui avait raconté qu'il serait détective. Qu'il l'était même déjà un peu et qu'il avait résolu quelques énigmes. Avec Pierre et moi... Un peu plus, il nous oubliait dans ses récits épiques!

Pour plaire à Eugénie, il a lu tous les romans de Maurice Leblanc. Eugénie aime à croire qu'elle a un lien de parenté avec lui, même ténu. Elle adore Arsène Lupin, le héros créé par cet auteur en 1907. Elle le trouve très beau, très romantique, très intelligent, très cultivé, très rusé, très drôle, très riche. Très tout, quoi!

C'est vrai que le bel Arsène a du charme, et qu'Alexis a là un sérieux rival! Mais il s'était mis en tête de l'égaler, sans toutefois devenir un *gentleman*-cambrioleur. Heureusement! Il voulait «seulement» montrer ses talents de limier à Eugénie. Encore fallait-il qu'il soit placé devant un mystère.

Il nous avait téléphoné de Québec pour nous dire qu'il pouvait enfin exercer son sens de la déduction.

— Répète-moi ce qu'il t'a dit, avais-je demandé à mon cousin Pierre.

— Il croit qu'il découvrira l'auteur du vol des *Danseuses*!

— *Les danseuses* de Van der Velt?

— Exactement. Il est tombé sur la tête! Les policiers n'ont aucune piste!

Pierre avait raison; on avait volé les statuettes hollandaises dix jours plus tôt, juste avant une importante vente aux enchères d'oeuvres d'art à Québec. Les enquêteurs n'avaient rien trouvé depuis.

Les journaux avaient relaté vingt fois le crime, mystifiés par l'audace du cambrioleur qui avait réussi à s'introduire chez M. Merrick, le propriétaire des *Danseuses*, et à lui voler les sculptures sans que le système d'alarme se déclenche. Même si les statuettes n'étaient pas très grandes, il fallait une certaine préparation pour les emporter, car elles étaient extrêmement fragiles.

Ce Lupin contemporain était moins *gentleman* que son prédécesseur; il n'avait pas hésité à blesser sa victime dès qu'elle avait résisté. Il l'avait assommée et M. Merrick était dans le coma depuis l'agression; les policiers n'avaient donc aucune description du suspect.

Un journaliste prétendait que cette description n'aurait probablement servi à rien, car le criminel devait être assez futé pour avoir pensé à modifier son apparence lors de son forfait. J'étais assez d'accord avec lui.

On savait donc seulement qu'on avait affaire à un individu dangereux. S'il avait frappé M. Merrick, il risquait donc de recommencer. Une autre donnée compliquait l'enquête: la venue, en été, de milliers de touristes à Québec; le voleur pouvait être l'un d'eux.

Les journalistes avaient beaucoup parlé de ce vol, car la victime, le commissaire-priseur Matthew Merrick, était l'oncle du chanteur rock Sam Merrick. Ce n'était pas mon chanteur préféré, mais j'avais quand même acheté des billets pour aller à son spectacle au Forum de Montréal à la fin de l'été.

Sam Merrick avait déclaré à la presse qu'il offrait une récompense à qui trouverait l'agresseur de son oncle. Un reporter lui avait alors rappelé qu'il s'était brouillé avec son oncle le mois précédent. Sam Merrick avait répondu qu'on oublie les petites chicanes quand l'heure est aussi grave.

— C'est gentil qu'il ait proposé cette récompense, ai-je dit.

— Oui, mais je doute qu'elle produise l'effet escompté, a dit Pierre. Le voleur connaît le domaine de l'art. Il doit savoir à qui revendre *Les danseuses*! Et pour une somme plus rondelette que celle de la récompense...

— Peut-être. À moins qu'il ne se contente de vendre les diamants qui sertissent les statuettes.

Les danseuses de Van der Velt étaient des sculptures d'une dizaine de centimètres qui représentaient les Trois Grâces. Elles avaient été créées au XIXe siècle par un artiste hollandais. Les statues étaient en or et les robes des Grâces bordées de petits diamants.

Ces sculptures étaient remarquables, si je me fiais aux photos que j'avais vues dans les journaux. Des collectionneurs étaient venus des quatre coins du globe pour assister aux enchères.

— Alexis s'imagine qu'il pourra en savoir plus que la police parce qu'un des collectionneurs loge chez sa tante.

— À l'auberge des Fleurs?

— Oui, l'homme était à Québec pour les enchères, mais il avait prévu rester quelques jours de plus. Alexis dit qu'il l'a interrogé habilement, mais ça n'a rien donné. Pourtant, il ne se désespère pas.

J'ai pouffé de rire et dit qu'il n'épaterait probablement pas Eugénie Leblanc s'il arrêtait le voleur.

— Comment pourrait-il faire mieux qu'Interpol? Pauvre Alexis!

— Interpol? a dit Pierre.

— Je suppose qu'ils apportent leur concours à la Sûreté du Québec, même si ce n'est pas écrit dans les journaux. Quand il y a un trafic d'oeuvres d'art, c'est souvent ce qui se produit, puisque c'est un crime qui s'adresse au marché international. Alors, si Alexis pense les devancer, il se trompe...

— Je n'ai pas osé le décourager, a fait Pierre. Mais il devra trouver autre chose que cette enquête pour séduire Eugénie.

J'ai hoché la tête avant de prendre ma raquette de tennis; on avait une partie à midi pile et je m'étais bien promis de battre mon cousin.

J'ai perdu. Cette partie et les suivantes. Toute la semaine, Pierre a remporté des victoires démoralisantes! Je sais bien qu'il joue au tennis depuis plus longtemps que moi, mais j'aurais donc aimé gagner!

Le dimanche soir, j'ai refusé de jouer; j'en avais assez de perdre. J'ai été bien inspirée, car nous avons reçu un autre appel d'Alexis.

Cette fois, il n'a pas parlé des *Danseuses*, mais d'un meurtre. Pierre a tenté de le calmer, puis il a promis qu'il le rappellerait après m'avoir tout raconté.

— Il dit qu'il a été témoin d'un assassinat.

— Par le voleur des *Danseuses*?

— Non, ce crime ne l'intéresse plus; il s'est rendu à l'évidence. Tous les journaux ont dit que le cambrioleur avait quitté la province depuis belle lurette et qu'on ne l'attraperait jamais. Comme je le supposais, la récompense n'a rien apporté. D'ailleurs, le collectionneur qui était chez sa tante est reparti, lui aussi, sans l'avoir aidé d'aucune manière.

Pierre a fait une pause, avant de continuer.

— Non, le vol des *Danseuses* est de l'histoire ancienne et Alexis affirme maintenant qu'on a commis un crime dans l'immeuble en face de l'auberge. Il invente encore cette histoire!

— Probablement! ai-je répondu, me souvenant des dernières lubies de notre ami.

Alexis tenait tellement à mener une enquête qu'il voyait des anomalies partout. C'est ainsi qu'il avait décidé qu'il retrouverait Alphonse, le chat des voisins d'Eugénie, un gros matou qui était simplement parti courir la galipote.

Alexis nous avait quasiment persuadés qu'il y avait des vols d'animaux dans le quartier, des vols commandés par des laboratoires où on aurait fait des expériences sur les chiens et les chats. Je sais que ça existe, mais ce n'était pas le sort d'Alphonse, qui est rentré bien tranquillement après une semaine d'absence.

— C'est difficile de croire ce qu'Alexis vient de me raconter, a dit Pierre.

— Un meurtre! Là, il exagère!

— Oui, énormément.

Cependant ni Pierre ni moi ne pouvions dissimuler notre curiosité; il y avait une chance sur un million pour qu'Alexis ait dit la vérité, mais... S'il avait vraiment été témoin d'un meurtre?

— Je pourrais le rappeler chez sa tante, ai-je dit. Pour ne pas qu'il pense qu'on rit de lui.

— Tu as raison. Même si son récit est incroyable! Un crime!

C'est ainsi qu'a débuté notre aventure; j'ai téléphoné à Québec où demeurait provisoirement Alexis. Il travaillait durant les vacances d'été chez sa tante Juliette. Celle-ci tient une auberge de cinq chambres et Alexis l'aidait dans ses nombreuses tâches. Lui-même habitait au dernier étage, dans une petite pièce mansardée. C'est de là, prétendait-il, qu'il avait vu, la veille, un voisin étrangler une jeune femme!

Il avait, bien sûr, alerté sa tante qui était allée aussitôt regarder à sa fenêtre. Mais à ce moment, la victime avait disparu. Toutes les pièces étaient éclairées et il n'y avait nulle trace de cadavre. Alexis soutenait qu'il avait caché le corps sous le lit ou dans une garde-robe. Il avait tant insisté que sa tante avait appelé la police. Deux enquêteurs s'étaient alors présentés chez Olivier Bronquard et ils avaient demandé à visiter l'appartement.

Ils n'avaient trouvé aucun cadavre et ils avaient prié Juliette de ne plus les déranger inutilement. Alexis avait répété qu'il n'avait rien inventé et il leur avait même dit qu'il avait mené des enquêtes avec Pierre et moi. Les flics s'étaient moqués de lui, c'est pourquoi il nous téléphonait, furieux: comment pouvait-on mettre sa parole en doute?

— Alex! ai-je dit au téléphone, Pierre m'a raconté ton aventure... C'est vraiment bizarre. Quoi? Tu veux qu'on te rejoigne à Québec? Pour élucider ce mystère? Es-tu sûr de ce que tu as vu? Ne t'énerve pas! Je te crois. Enfin, presque... mais je voudrais plus de détails. Comment se fait-il que ton voisin laisse toutes ses fenêtres ouvertes s'il commet un meurtre? Il me semble qu'au contraire on doit avoir envie de se cacher quand on étrangle quelqu'un!

Alexis m'a répété que nous devions venir à Québec. Quand j'ai raccroché, j'étais décidée à accepter son invitation. Il ne nous restait plus qu'à convaincre nos parents.

La tante d'Alexis nous y a aidés en leur disant qu'elle avait du travail pour nous. «Entre le sarclage du terrain, le lavage des vitres, les chambres à ranger, les lits à changer, la vaisselle à laver, vos enfants ne s'ennuieront pas.» Maman a dit que ce serait formidable, que j'apprendrais des tas de choses que je pourrais faire ensuite à la maison! Elle est très cynique!

J'étais déjà allée à Québec, mais ce matin de juillet, quand nous sommes descendus à la gare du Palais, il me semblait que la ville était encore plus belle que dans mes souvenirs. Une brume opalescente nimbait les vieilles maisons d'un voile doux et donnait un air de mystère tout à fait charmant aux rues du Quartier latin.

Nous sommes allés directement chez Juliette, à l'auberge des Fleurs, qui portait bien son nom. Il y avait des bégonias à profusion, du chèvrefeuille pour attirer les colibris, de l'ancolie, une vigne où s'épanouissaient d'énormes clématites, des roses, des fuchsias, des pois de senteur et des lupins. Je n'ai pas pu résister à l'envie de demander à Alexis s'il avait planté ces fleurs en pensant à Eugénie...

— Chut! je n'en ai pas parlé à Juliette! Elle me nargue déjà en m'appelant Alexis Lupin à cause de ce qui s'est passé hier soir. Mais je vous jure que je n'ai rien inventé! On va se promener sur la terrasse Dufferin et je vais tout vous expliquer.

L'auberge des Fleurs était située tout près du château Frontenac. Nous avons emprunté une petite rue pour descendre vers la terrasse qui domine le fleuve. Le Saint-Laurent était d'un gris-vert semblable aux yeux de Sébastien Morency, un gars de l'école qui est assez stupide pour trouver du charme à Suzanne Trépanier.

Le Saint-Laurent était moucheté de bateaux à voiles et ces piqûres blanches sur fond bleu rappelaient les mouettes qui traversaient le ciel en criant. Les touristes américains leur faisaient concurrence, hurlant des «mom» et des «daddy» avant de prendre le funiculaire qui conduit au port. Nous avons préféré monter les escaliers, au bout de la terrasse, qui mènent aux plaines d'Abraham.

Là, dans un coin tranquille, Alexis nous a répété ce qu'il avait vu la veille. Et plus il parlait, moins on avait envie de se moquer de lui: son récit avait des accents si véridiques! Il avait reconnu formellement Olivier Bronquard; il le voyait tous les jours depuis son arrivée à Québec.

— Il est charmant. C'est un acteur. Il a même donné des billets de théâtre à ma tante. C'est pour ça qu'elle était très gênée d'appeler la police.

— Olivier sait que c'est vous qui avez envoyé des enquêteurs chez lui?

— Je ne crois pas. Ce matin, il nous a raconté en riant la visite des policiers. Ils lui ont dit qu'ils avaient reçu un appel anonyme prétendant qu'il avait un cobra dans son appartement et ils ont demandé à le fouiller.

— Un cobra?

— Les flics ont inventé cette excuse pour inspecter toutes les pièces.

— Et ils n'ont pas découvert de cadavre.

Alexis a secoué la tête:

— Non. Mais Bronquard doit être très futé. Il faut trouver où il a caché le corps de la blonde.

— Comment?

C'était plus facile à dire qu'à faire.

— On devrait d'abord discuter avec Olivier Bronquard, ai-je dit.

— Discuter?

— Oui. Je le ferai parler de sa carrière de comédien. Je pourrais lui dire que je rêve d'être actrice. Je m'introduirai ainsi chez lui et je tâcherai d'en apprendre plus sur la blonde.

— Tu ne vas pas l'interroger sur cette fille! a protesté Alexis. Autant lui dire qu'on le suspecte de meurtre!

— Mais non, je vais lui poser des questions sur ses partenaires au théâtre; avec quelle actrice il aime travailler ou s'il apprécie d'avoir des admiratrices. Je verrai bien s'il se trouble en parlant d'une femme.

— C'est vague, a dit Alexis.

— As-tu mieux à proposer? Tu n'as que des soupçons, j'essaie de t'aider et tu n'es même pas content!

Il m'énervait à la fin!

— Calme-toi, Natasha, a dit mon cousin.

Alexis ne te critiquait pas. C'est vrai, ce plan est vague, mais il faut bien commencer à chercher d'une manière ou d'une autre.

On a décidé qu'Alexis nous présenterait à Olivier le soir même. Comme c'était un lundi, il y avait relâche au théâtre: avec un peu de chance, Olivier serait chez lui.

On a déambulé sur les Plaines. On a même assisté à la relève de la garde; des soldats faisaient leurs exercices en suffoquant sous de lourdes toques de fourrure. Il faut être vraiment sévère pour leur infliger un tel costume en plein été! Même la mascotte de la relève, une chèvre aux cornes dorées, semblait plaindre les pauvres hommes.

Les Plaines sont si vastes que des armées s'y sont affrontées au XVIIIe siècle; c'est dommage qu'un si bel endroit ait servi à des combats. Heureusement, il n'en reste aucune trace, hormis quelques canons éparpillés qui font la joie des touristes.

Le Parlement est aussi remarquable que les édifices gouvernementaux qui l'entourent sont laids. Comment a-t-on pu construire de pareilles boîtes de béton? Cela m'a rappelé la vilaine tour Montparnasse, à Paris. J'ai eu un moment de nostalgie en pensant à Isabelle, Didier, Sarah, Hector, les amis français que nous nous étions faits lors de nos précédentes enquêtes. J'ai proposé à Alexis et Pierre qu'on écrive à nos «potes» parisiens avant de rencontrer Olivier.

On a acheté des cartes postales et on est revenus sur nos pas pour aller manger un croûton au fromage au café Temporel. On a beaucoup rigolé en s'adressant à nos copains. Alexis n'a pas pu s'empêcher de leur révéler que nous enquêtions sur une affaire très dangereuse.

— Tu exagères! On n'a même pas commencé à chercher. En fait, on ne sait même pas ce qu'on cherche!

— Vous êtes pourtant venus à Québec!

— C'était pour voyager, a fait Pierre.

— Vous verrez bien que j'ai raison.

Alexis a fait une pause et il a ajouté:

— J'ai toujours raison.

Au même instant, il a renversé son verre de limonade dans son assiette. On a éclaté de rire. La serveuse a été très gentille et elle lui a apporté un autre verre, mais ça n'a pas suffi pour dérider Alexis qui était aussi rouge que son tee-shirt. Il a boudé jusqu'à l'auberge des Fleurs et il aurait peut-être continué à bouder toute la soirée s'il n'avait vu une belle blonde au bras d'Olivier Bronquard.

Chapitre 2

Le tapis

— Olivier! a crié Alexis.

Le comédien s'est retourné.

Je suppose que Suzanne Trépanier le trouverait à son goût; elle a un faible pour les grands yeux veloutés, les mâchoires carrées, les lèvres gourmandes et les cheveux bouclés. Il en faut davantage pour m'impressionner, même si j'ai dû admettre rapidement qu'il avait un beau sourire.

Alexis était si surpris de voir la blonde qu'il était incapable de faire une phrase complète. Aussi, Pierre s'est-il présenté lui-même. Je l'ai imité.

— Voici Arielle Bertrand, une amie qui

est comédienne, a dit Olivier Bronquard.

— Ça doit être super d'être actrice, ai-je dit, profitant de cette occasion. C'est ce que je voudrais devenir plus tard!

— Tu aimes le théâtre?

— Beaucoup.

— Il me semble que je vous ai déjà vue, a fini par articuler Alexis.

Arielle Bertrand a battu des paupières et elle a dit qu'elle avait joué dans un téléroman. Et fait de la publicité.

— Non, pas à la télévision. Je vous ai vue en personne!

— Tu l'as vue chez moi, Alexis. On répète beaucoup depuis quelques jours. On va jouer au théâtre ensemble.

— Au théâtre? a bredouillé Alexis. Il y a un meurtre dans votre pièce?

Il rougissait en comprenant qu'il avait vu les comédiens répéter une scène d'étranglement, mais il a réussi à s'informer du titre de la pièce, de la date de la première. Il a même demandé s'il serait invité.

— Bien sûr, si tu es toujours à Québec. Tu te plais chez ta tante? Elle n'est pas trop exigeante?

— Nous sommes là pour l'aider maintenant, a dit Pierre.

— J'aimerais discuter de théâtre, ai-je murmuré en regardant Olivier avec un air admiratif. Tu pourrais me donner des conseils; l'an prochain, on va monter une pièce de Molière à l'école.

— Laquelle?

— *Le malade inventé*.

— Tu veux dire *imaginaire*, a pouffé Arielle.

Tout le monde peut se tromper! Ce n'est pas nécessaire de rire d'une si petite erreur! J'ai eu envie de l'étrangler et j'ai regretté qu'Olivier ne l'ait pas étouffée pour de vrai. Je déteste ce genre de pimbêche à la Suzanne Trépanier qui se croit supérieure parce qu'elle a de beaux cheveux et des jambes très longues. Arielle a replacé sa mèche bouclée pour la dixième fois en une minute et elle a dit d'une voix traînante, avec un accent hyper-snob:

— Tu viens, Olivier? Nous devons répéter.

Qu'elle était énervante avec ses grands airs! Je me demandais comment Olivier pouvait la supporter! Il nous a fait un clin d'oeil, puis il a sorti ses clés et ouvert la porte de son immeuble. Il s'est retourné pour me dire qu'il pourrait m'aider quand je le voudrais.

Je l'ai remercié en battant des paupières comme sa poupée; il semble qu'il apprécie ce genre.

Alexis était vraiment dépité, et même déprimé:

— Je n'aurai rien à raconter à Eugénie Leblanc quand je vais rentrer à Montréal. Elle va rire de moi, c'est certain!

— Il y a sûrement d'autres mystères qui nous attendent à Québec, a dit Pierre pour lui remonter le moral.

Alexis a eu un rire triste:

— Ah oui? Comme quoi? On n'a même pas eu un client bizarre à l'auberge.

— Je ne sais pas, on vient tout juste d'arriver. Mais il se passera sûrement quelque chose.

— C'est vague, a fait Alexis.

— C'est ton nouveau patois? ai-je demandé. Tout est vague? Nous, on n'est pas vagues: on est venus exprès pour toi de Montréal et tu boudes. Merci pour l'ambiance!

— Mais Eugénie...

— Quoi, Eugénie? Si elle aime tant les mystères, qu'elle les élucide elle-même! Ou qu'elle écrive des romans policiers à son goût! Tiens, tu devrais t'y mettre au lieu de chercher des crimes où il n'y en a pas. Tu es déjà fort doué pour les inventer!

Je suis montée dans la mansarde pour lui signifier ma colère. Pierre m'a suivie rapidement, disant que j'exagérais un peu. Alexis s'est montré, au bout de cinq minutes. Il a trouvé ma proposition très intéressante, car, justement, il songeait depuis un certain temps à écrire un roman. Tout en nous confiant cette ambition, il s'est approché de la fenêtre:

— Tiens, ils sont encore en train de répéter. Vous allez voir comme c'est facile de confondre la répétition et la réalité.

Il avait raison. D'où nous étions, nous voyions Olivier, penché sur Arielle, les mains enserrant son cou, tel un fatal collier. On avait vraiment l'impression qu'il l'étranglait. C'était très angoissant même si on savait que c'était un jeu. Olivier a fini par relâcher Arielle et nous avons poussé un soupir de soulagement, heureux de la voir se relever.

— Vous comprenez que je me sois trompé? a dit Alexis.

On a hoché la tête, puis on a vu Arielle se rasseoir, Olivier recommencer à l'étrangler. Puis elle s'est relevée et ils ont repris toute la scène. Ils gesticulaient beaucoup, comme des gens qui se chicanent; ils étaient très convaincants. On aurait dit qu'ils étaient réellement fâchés. Puis Alexis a de nouveau étranglé Arielle, puis elle s'est frotté le cou.

Au bout d'une demi-heure, on en avait assez, c'était très répétitif. Je mentirais si je disais à Olivier que le théâtre m'intéresse; je n'ai pas assez de patience pour être comédienne et reprendre cent fois la même scène. Je préfère être du côté du public!

Il s'est mis à pleuvoir et nous avons fait du ménage pour Juliette. Il fallait épousseter, changer l'eau des fleurs, les recouper, nettoyer les tables du hall d'entrée, vider les cendriers, replacer les fascicules annonçant des tours de ville, des pèlerinages à Sainte-Anne-de-Beaupré, des croisières où on observe des baleines et des expéditions sur la rivière Jacques-Cartier. On disait qu'il y avait des gens qui se réunissaient pour appeler les loups. Et que les loups répondaient parfois.

— Eh! C'est génial! On devrait y aller!

Alexis s'enthousiasmait enfin! Il a dit qu'il pourrait décrire cette scène nocturne, inquiétante et où les coeurs battent sûrement très vite quand les loups se mettent à hurler.

Ça y est! Il se prenait déjà pour Maurice Leblanc, ou Alexandre Dumas!

Nous avons pris des renseignements sur l'organisme qui annonçait ces soirées un peu particulières. Malheureusement, il y avait eu une expédition la veille et il n'y en aurait pas d'autre avant dix jours. Pierre et moi ne restions qu'une semaine à Québec.

— C'est vraiment dommage, ai-je dit. J'aurais aimé entendre hurler les loups.

Alexis s'est mis à crier hou-hou et il s'est jeté sur moi comme s'il allait me mordre. Il répétait qu'il avait faim, très très faim.

Quand on a cessé de rire, il a confirmé qu'il avait faim et nous sommes allés à la cuisine nous faire une salade. On finissait de manger quand de nouveaux clients sont arrivés; un jeune couple d'amoureux qui se tenaient par la main. Juliette étant absente, c'est Alexis qui les a accueillis. Il les a reconduits à leur chambre et il est revenu en agitant un billet sous nos yeux.

— Quel pourboire! Ils sont généreux.

— Parce qu'ils sont heureux! J'ai remarqué que les clients généreux sont souvent des clients joyeux.

Comme il pleuvait toujours, nous sommes retournés dans notre chambre mansardée.

J'adore le bruit des gouttelettes qui martèlent les vitres et le toit. J'observais les passants qui couraient pour échapper à l'orage et je me sentais si bien dans cette pièce douillette. J'ai regardé de nouveau chez Olivier.

Arielle était allongée dans le fauteuil. Immobile. Comme s'il l'avait réellement tuée. Olivier a tiré les rideaux du salon où il répétait une scène avec elle et je n'ai pas pu la voir se relever comme les fois précédentes.

— Pourquoi ferme-t-il les rideaux? a dit Alexis. Il est trois heures de l'après-midi. Et ce n'est même pas sa chambre.

Pierre a suggéré qu'ils voulaient plus d'intimité... Il savait sûrement qu'on les observait.

— Elle avait vraiment l'air morte, ai-je fait en frissonnant. Elle ne bougeait pas du tout. C'est bizarre.

Pierre a froncé les sourcils:

— Que veux-tu insinuer?

— Qu'il l'aurait réellement étranglée.

— Ça n'a pas de bon sens! On sait qu'ils répètent la pièce.

— Olivier a peut-être joué avec trop d'ardeur. Il aura tué Arielle par accident.

Mon cousin a protesté:

— Tu délires! Si les comédiens jouaient avec cette fougue, il en mourrait dix par semaine! Entre les films policiers et les drames passionnels, ce serait l'hécatombe.

— Je n'ai pas parlé de tous les acteurs, mais d'Olivier Bronquard! Il est peut-être détraqué.

Alexis continuait à regarder par la fenêtre pour éviter de trancher entre Pierre et moi, mais je sentais qu'il m'approuvait. Tout à coup, il s'est exclamé.

— Il sort de chez lui.

Je me suis précipitée à la fenêtre: au rez-de-chaussée, Olivier verrouillait la porte de l'immeuble. Il jetait des regards furtifs à droite et à gauche.

Pierre a admis qu'il avait l'air coupable.

— Il faut le suivre et voir où il va. S'il a tué Arielle, il devra bien se débarrasser du corps!

On a dévalé les escaliers et on ouvrait la porte quand Alexis s'est arrêté:

— Je dois rester à l'hôtel tant que ma tante n'est pas revenue. Je le lui ai promis.

J'ai regardé Olivier Bronquard qui s'éloignait, puis Alexis:

— On va revenir vite, ai-je juré à notre ami.

J'étais navrée qu'il ne participe pas à notre filature, mais on n'avait pas le choix; il fallait bien que quelqu'un suive le comédien. On n'a même pas pris de parapluies.

On n'est pas allés très loin. Olivier s'est simplement rendu à son véhicule, une camionnette beige. Il est monté à bord, a démarré. Qu'est-ce qu'on pouvait faire? On s'était fait mouiller pour rien!

— Où va-t-il? ai-je dit en tordant le bas de ma jupe mauve.

— On ne le saura jamais, a répondu Pierre. C'est bête!

Mon cousin se trompait; on a su très vite où allait Olivier. En revenant à l'auberge des Fleurs, on a vu la camionnette de l'acteur, garée en face de chez lui. Pourquoi l'avait-il rapprochée?

On l'a vu entrer chez lui, puis ressortir au bout de quatre minutes en transportant un tapis roulé sur ses épaules. Il paraissait excessivement lourd.

— Alexis! As-tu aperçu Arielle durant notre absence? Est-elle ressortie de l'immeuble?

— Non. Et je n'ai pas quitté la fenêtre des yeux.

Juliette nous a demandé ce qui nous intéressait dans la rue au point de nous faire doucher. Elle s'est avancée sur le pas de la porte, a salué Olivier de la main, s'est tournée vers nous. Elle ne semblait pas trouver qu'il se passait quelque chose d'anormal. Elle ne semblait pas penser, comme nous, qu'Olivier avait dissimulé le corps d'Arielle dans le tapis!

Juliette nous a même suggéré d'offrir notre aide à Olivier:

— Il doit transporter ce tapis pour le théâtre. Il a peut-être d'autres objets à apporter là-bas. Allez lui donner un coup de main.

Et si on voyait des cheveux blonds dépasser du tapis? Qu'est-ce qu'on ferait?

Olivier a trébuché et il a manqué d'échapper son fardeau.

— Mais allez-y! a crié Juliette. Il a besoin d'aide! Qu'est-ce que vous attendez?

On s'est dirigés lentement vers lui, redoutant le pire. En s'approchant du tapis, on distinguait nettement une bosse dans le centre, comme si le tapis était un serpent qui avait avalé une grosse bête... Le cadavre d'Arielle!

— Est-ce qu'on peut... t'aider? a bredouillé Alexis.

Olivier a semblé content de nous voir. Ce qui était étrange; s'il transportait un cadavre, il ne devait pas vouloir de témoins.

— Oui, merci, a-t-il dit. Ce tapis pèse une tonne! J'ai pensé que c'était une bonne idée de déposer de l'argenterie au milieu avant de l'enrouler, mais je me suis trompé. Et maintenant qu'il est ficelé, je n'ai pas le courage de rentrer, de le dérouler et de le reficeler. Mais c'est terriblement lourd!

— Et Arielle, elle pourrait aussi nous aider, non?

— Elle est en train de se recoiffer. Nos répétitions sont trop tumultueuses pour son chignon!

Quelle excuse vaseuse!

— On va t'aider à dérouler ton tapis, ai-je dit à Olivier. Ensemble, ce sera rapide.

— Mais non! C'est inutile! Je pourrai le porter avec vous. Je le prends à une extrémité et vous, vous le prenez à l'autre, et on y arrivera aisément.

Que faire pour voir ce qu'Olivier cachait à l'intérieur du tapis? Et comment l'empêcher de disparaître avec le tapis et son secret? Pierre pensait à la même chose que moi, car il m'a bousculée de manière que je tombe sur la bosse qui déformait le tapis.

On a entendu un drôle de craquement. Je me suis relevée précipitamment, m'excusant et disant à Olivier qu'on devait vérifier ce que j'avais brisé.

— Mais non, ce n'est pas grave. L'accessoiriste du théâtre pourra le réparer.

— Je peux le faire, a affirmé Pierre. Je suis très habile.

Olivier s'impatientait:

— Non, je n'ai pas le temps. Il faut que j'apporte ce tapis avant la fin de l'après-midi.

— Où?

— Où? Au théâtre, je vous l'ai dit. Ah! Arielle, viens nous aider.

Nous nous sommes retournés tous en même temps. Arielle était bien vivante. Elle s'avançait vers nous et se penchait pour nous aider à soulever le tapis.

— Qu'est-ce que tu as caché à l'intérieur? a-t-elle marmonné de sa voix épouvantablement agaçante. Un éléphant ou des briques? Je n'ai pas envie de me faire un hernie.

— On dit une hernie, ai-je jubilé.

Elle a fait semblant de ne pas m'entendre et Olivier s'est empressé de répondre qu'il y avait des livres et des chandeliers en argent dans le tapis.

— Je les avais promis à Bruno.

— Tu aurais dû faire des paquets séparés.

Elle semblait fâchée contre Olivier, mais lui souriait. Il devait être habitué à ses petites crises; n'était-ce pas puéril de reprocher à son ami de faire un paquet trop lourd? Elle était aussi peu mûre que Suzanne Trépanier!

J'évitais de regarder Alexis ou Pierre, confuse de m'être laissé abuser par mon imagination. Mais j'avais lu si souvent que des gangsters utilisaient des tapis pour transporter un cadavre!

— Qu'est-ce qu'il y a, les jeunes? a demandé Olivier. On dirait que vous avez vu un fantôme.

Alexis a hoché la tête:

— C'est exactement ça! On vous a regardés par la fenêtre et vous étiez tellement bons en jouant la scène de l'étranglement qu'on commençait à se demander si tu n'avais pas réellement tué Arielle. En plus, vous vous étiez chicanés juste avant! J'ai même pensé que tu avais enroulé son corps dans le tapis.

Olivier a éclaté de rire avant de remercier Alexis:

— Dans le tapis? Tu entends ça, ma belle? C'est le meilleur compliment que tu pouvais nous faire: si tu crois à la mort d'Arielle, le public y croira aussi.

— C'est une pièce policière?

— Non! C'est un drame. Justine, qu'incarne Arielle, est la femme de Cédric. Il la tue dans un moment de colère, après une dispute au sujet de sa pièce de théâtre: Cédric est l'auteur d'une tragédie. Il refuse que Justine, qui est comédienne, ait le rôle principal. Il veut que ce soit sa maîtresse, Pascale.

— Et alors?

— Dans les scènes suivantes, il est arrêté et il tente de comprendre pourquoi il a tué. Ce n'est pas seulement parce que sa femme connaissait la vérité sur sa liaison, c'est aussi parce qu'il avait perdu son âme. Il était devenu si orgueilleux, encensé par les critiques, courtisé par les comédiens, qu'il se prenait pour un dieu à qui tout est permis. En prison, Cédric réfléchit au sens de la vie. Il s'intéresse à la philosophie.

— Ça doit être une belle pièce, ai-je dit sans conviction.

Je trouvais que le début était intéressant, mais la fin devait manquer un peu d'action... J'espérais qu'Alexis nous écrirait un roman plus palpitant!

— En tout cas, vous êtes vraiment bons!

ai-je repris avec plus d'enthousiasme.

— Merci, Natasha. C'était seulement une courte répétition. Ce sera encore mieux au théâtre!

Arielle n'avait pas l'air très enthousiaste. Elle ne souriait pas et elle est montée dans la camionnette sans dire un mot. Puis Olivier a fermé la portière latérale et ils ont disparu.

Chapitre 3

La malle

— Bon, il ne l'a pas tuée, ai-je admis. Mais ça ressemblait beaucoup à un meurtre.

— En tout cas, ce sont de vrais comédiens. Même si cette Arielle est terriblement snob. Elle ne nous a même pas adressé la parole!

— J'ai l'impression que ça ne va pas très bien entre elle et Olivier, a avancé Pierre.

— Qui pourrait s'entendre avec une pareille autruche? ai-je demandé.

— Elle semblait inquiète, a repris mon cousin.

— Inquiète? Elle est simplement boudeuse. C'est toi qui inventes des choses maintenant!

— Chacun son tour.

— De quoi aurait-elle peur?

Pierre a avoué son ignorance. Juliette nous a tirés de nos réflexions en nous priant d'aller à l'épicerie chercher les baguettes de pain pour le repas. Quand on est revenus, elle conseillait aux amoureux d'aller voir les chutes Montmorency. Les deux autres clients de l'auberge ont mangé avec nous. Ils étaient anglophones et n'ont pas beaucoup parlé. On a fait la vaisselle et rangé la cuisine, puis Alexis a proposé qu'on se rende au traversier.

C'était une excellente idée. La brise, le bruit des vagues qui se fracassaient contre la coque du bateau et l'odeur marine qui montait du fleuve me dépaysaient agréablement. C'est quand même merveilleux, les vacances! J'ai failli applaudir quand la corne de brume a retenti, annonçant le départ, et je me suis retenue pour ne pas saluer tous les voiliers que nous croisions.

En revenant de Lévis, le spectacle de Québec illuminé était magique: les tourelles du château Frontenac, l'édifice Price, la terrasse Dufferin et le port brillaient dans la nuit, ressemblant à un collier de pierres étincelantes.

Je n'ai pas pu m'empêcher de repenser à un autre collier: celui des mains d'Olivier autour du cou d'Arielle. Et j'ai frémi.

Quand nous sommes rentrés à l'auberge, il y avait de la lumière chez Olivier; Arielle était avec lui et ils répétaient. Nous les avons vus se quereller, comme dans l'après-midi, puis il l'a étranglée deux fois. Elle s'est relevée, ils se sont de nouveau disputés. Cette fois, pourtant, Olivier ne s'appuyait pas sur le manteau de la cheminée et Arielle se tenait devant la bibliothèque.

— Pourquoi changent-ils de place?

— Ils essaient de jouer différemment la scène de la dispute.

— Tu crois?

— Ferme les rideaux, a dit Pierre. On ne les regardera pas toute la nuit! Je tombe de sommeil!

Alexis a éteint. J'ai entendu les garçons bavarder, puis je me suis endormie. J'ai rêvé que le tapis était une sorte de radeau qui flottait sur le Saint-Laurent: Arielle essayait désespérément d'y grimper, mais elle portait un collier de grosses pierres qui l'entraînait vers le fond de l'eau.

Quand je me suis éveillée, les garçons ronflaient en choeur: sur la pointe des pieds, je me suis approchée de la fenêtre et j'ai écarté les rideaux. Chez Olivier, tous les stores étaient baissés, mais il y avait encore de la lumière. Je me suis dit qu'Arielle et lui répétaient vraiment très tard; il était près de trois heures du matin.

Je ne m'endormais pas et j'avais envie de lire, mais je ne voulais pas réveiller Pierre et Alexis. Je suis sortie de la chambre sans faire de bruit avec un roman policier que m'avait prêté Alexis, je suis descendue et me suis blottie dans un des grands fauteuils du hall d'entrée. J'étais bien!

Et Arsène Lupin me plaisait énormément; je comprenais la passion d'Eugénie Leblanc. J'aurais bien aimé être la demoiselle aux yeux verts ou la comtesse de Cagliostro. Je pensais aussi qu'Alexis n'avait vraiment pas beaucoup de ressemblance avec ce héros si élégant...

À force de lire des descriptions de somptueux repas au champagne avec foie gras et petits fours salés et sucrés — car Arsène Lupin sait recevoir —, j'ai ressenti un creux dans l'estomac. À cinq heures, je suis allée à la cuisine; je mangeais des biscuits au chocolat quand Juliette a poussé la porte.

Et un cri. Elle croyait être seule. Elle lisait

une lettre qu'elle a repliée avec un doux sourire.

Je me suis excusée de lui avoir fait peur. Elle a fait un petit signe de tête en continuant à sourire.

J'ai désigné la lettre:

— Je ne veux pas être indiscrète, mais je suppose que ce sont des bonnes nouvelles...

Juliette m'a alors confié son secret: le collectionneur qui était resté à l'auberge la semaine précédente était amoureux d'elle. Il lui avait écrit qu'il reviendrait à Québec avant la fin du mois.

— Et toi? Es-tu amoureuse de lui?

Juliette a hésité, avant d'avouer qu'il lui plaisait énormément, mais elle désirait le connaître davantage.

— Tu te lèves toujours aussi tôt? ai-je demandé. Ou c'est l'amour qui te tient éveillée?

— Il y a beaucoup à faire dans une auberge, même modeste. Aujourd'hui, c'est la journée des confitures; j'ai acheté des framboises et des bleuets et je compte sur vous trois pour m'aider à les mettre dans des pots.

J'ai promis mon aide à Juliette. Puis elle m'a parlé d'Olivier; elle voulait me prévenir. Elle craignait que je ne sois éprise de lui!

— Il ne m'intéresse pas, ai-je protesté. Et

puis, de toute manière, il sort avec Arielle. Quoique...

— Que veux-tu dire?

— J'ai l'impression qu'ils sont en froid. Hier après-midi, c'est à peine si elle le regardait. Cela dit, elle est tellement snob qu'il n'y a que son image dans le miroir qui doit trouver grâce à ses yeux!

— Mais ils ont pourtant répété ensemble toute la journée...

— Je sais. C'est intrigant: pourquoi ne répètent-ils pas au théâtre?

— Parce que le théâtre est à l'extérieur de Québec. À une heure et demie de route. C'est une pièce à deux personnages, ils peuvent répéter plus facilement là où ils veulent.

— Ils ont répété toute la nuit. Peut-être qu'ils travaillent encore?

J'ai regardé par la fenêtre; c'était toujours éclairé chez Olivier.

— On pourrait les inviter à faire une pause et prendre un café avec nous, a suggéré Juliette. Je mettrai des croissants au four. Tu veux aller sonner chez Olivier?

J'hésitais à traverser la rue, puisque j'étais en kimono, mais c'était si drôle de sortir ainsi vêtue en pleine ville que je me suis décidée.

J'ai sonné une fois. J'ai attendu. J'ai sonné une deuxième fois, puis une troisième, sans obtenir de réponse. Je suis revenue à l'auberge.

— C'est bizarre, ai-je dit à Juliette. Ils ne répondent pas.

— C'est qu'ils sont occupés, a-t-elle dit avec un petit sourire. Ils se sont réconciliés...

J'ai bâillé et Juliette m'a dit d'aller me recoucher.

— Je te garderai des croissants, ne t'inquiète pas.

J'ai dormi jusqu'à dix heures. Quand je me suis levée, les garçons étaient debout: Pierre tondait la pelouse dans la cour de l'auberge et Alexis huilait les pentures des portes et la chaîne de l'enseigne. Je mettais un tablier pour aider Juliette à la cuisine quand j'ai entendu Alexis parler à Olivier.

Celui-ci sortait une malle de chez lui. Une belle malle ancienne, énorme, en cuir sombre avec des poignées noires. Elle ressemblait à un coffre de pirate.

— C'est pour le théâtre, a-t-il expliqué. On doit tout faire nous-mêmes si on veut que ce soit à notre goût.

— Vous avez répété très tard, ai-je dit. Tu dois être fatigué. Je suis allée sonner chez toi ce matin, mais vous n'avez rien entendu.

Olivier m'a jeté un regard interrogateur. J'ai eu l'impression qu'il était contrarié.

— Ce matin? Pourquoi?

— Juliette vous invitait à prendre le petit déjeuner avec nous.

— Je n'ai rien entendu. Je dors toujours avec des boules dans les oreilles.

— Et Arielle?

— Arielle? Elle n'a pas dormi chez moi. Elle est rentrée chez elle très tôt ce matin. Elle devait nourrir son chat.

Ah? Elle avait un chat? Ça me la rendait un peu plus sympathique.

— C'est vrai, a dit Pierre. Je me suis réveillé vers six heures et je l'ai vue descendre la rue. J'ai reconnu son grand chapeau jaune. Je l'ai saluée, mais elle ne s'est pas retournée.

Olivier s'est passé la main dans les cheveux. Il semblait harassé:

— Arielle était très fatiguée quand elle est partie. Elle ne t'a probablement pas entendu. Elle vous aime beaucoup, tous les trois, vous savez?

Olivier tenait visiblement à améliorer l'impression qu'on avait d'Arielle, mais je n'ai pas cru qu'elle nous appréciait autant qu'il le disait. Elle nous regardait comme si on était des microbes. Heureusement qu'elle aimait les chats. À part sa beauté, c'est tout ce qu'elle avait de bien!

— Veux-tu qu'on t'aide à transporter ta malle, Olivier? a proposé Pierre.

— Non, j'ai un diable cette fois.

Il désignait un chariot à deux roues.

— Ça va aller comme sur des roulettes! a-t-il dit en riant.

Son jeu de mots était facile, mais j'ai souri pour être aimable.

— On va t'aider à la soulever, ont dit Pierre et Alexis en même temps.

— Ce n'est pas nécessaire. Elle n'est pas si lourde.

Mais les garçons s'emparaient déjà des poignées de la malle.

Ils sont devenus tout rouges vu les efforts qu'ils faisaient pour soulever le coffre.

— Qu'est-ce qu'il y a dans cette malle? a demandé Alexis.

— Le cadavre d'Arielle, a répondu Olivier en riant. Tu veux que je l'ouvre pour voir?

Alexis a secoué la tête en ahanant, tandis que Pierre et Olivier réussissaient à glisser la malle sur le diable et à la pousser sur la planche qui montait jusqu'à sa camionnette. On a entendu un gros boum quand la malle est tombée sur le plancher.

— Merci mille fois, a dit Olivier en refermant la portière du véhicule. Je vous promets que vous aurez les meilleurs billets quand vous viendrez voir la pièce.

Il s'est essuyé le front avec le bord de sa manche; il suait à grosses gouttes. Il a démarré en nous faisant des signes d'au revoir de la main gauche.

— Pourquoi a-t-il dit que la malle n'était pas très pesante? ai-je murmuré. Elle était encore plus lourde que son tapis.

Alexis et Pierre m'ont regardée d'un air perplexe; ils n'avaient pas de réponse à ma question.

Après avoir mis en pots les confitures, nous sommes allés nous promener. Les rues étaient très animées à cause du Festival d'été. Les gens déambulaient, ravis des multiples spectacles qui égayaient la ville. Nous entendions de la musique monter de tous les parcs du Quartier latin. Les clowns, les cracheurs de feu, les jongleurs me rappelaient les Halles de Paris. Alexis était fasciné par deux acrobates qui dansaient sur des échasses.

— Je pourrais m'exercer et devenir aussi bon qu'eux.

— Pour plaire à Eugénie?

— Je n'y pensais même pas, a dit Alexis en rougissant. De toute façon, je ne peux pas tout faire; j'ai aussi un roman à écrire!

Ah, il y pensait encore?

On est rentrés à l'auberge à la fin de l'après-midi pour préparer le repas: salade de mangues et de tomates, brochettes de poulet aux herbes de Provence, pois verts, pommes de terre et *tiramisu*. Pour ce repas, Pierre a rédigé le menu en l'enjolivant de dessins des plats. Il est très doué; deviendra-t-il un peintre célèbre?

Alexis s'est demandé s'il ne devrait pas apprendre à dessiner... pour faire le portrait d'Eugénie. Mais il n'a pas plus de talent que moi et il devrait prendre des cours durant tant d'années qu'Eugénie aurait le temps d'être grand-mère avant qu'il ne réussisse un portrait ressemblant!

Juliette avait invité à manger un de ses amis qui est cocher. Il nous a proposé un tour de ville en calèche. J'avais peur d'avoir l'air d'une touriste, mais en même temps, j'avais bien envie de me promener ainsi dans Québec. J'ai accepté l'invitation de Jeff et je ne l'ai pas regretté. C'était très chouette de sillonner les rues de la capitale en entendant claquer les sabots de la jument Ruby.

En rentrant à l'auberge, on a retrouvé Olivier qui conversait avec Juliette. Il nous a parlé du théâtre, disant que les décors étaient magnifiques et que le metteur en scène était très optimiste. Ce dernier trouvait qu'Olivier et Arielle faisaient du bon travail.

— Vous avez assez répété, c'est normal! ai-je dit.

— Oh! tu ne connais pas Jean-Paul; il est très exigeant. Mais il a raison; c'est la seule manière de réussir.

On s'est installés dans le jardin et on a posé plein de questions à Olivier sur son métier et les gens qu'il fréquentait. Il connaissait des tas de vedettes. J'avais hâte de rentrer à Montréal pour tout raconter à ma copine Marie-Ève. Je sais que ça fait un peu fan, mais je lui ai demandé une photo autographiée; je voulais être certaine que Marie-Ève me croirait. Olivier m'a promis qu'il m'en donnerait une.

Il a ajouté que les étoiles qui brillaient dans le ciel étaient moins scintillantes que mes yeux! Heureusement qu'Alexis et Pierre ne l'ont pas entendu; ils se seraient moqués de moi. Ils devraient pourtant prendre des leçons avec Olivier; lui, il sait dire de jolis mots aux femmes. Comme Arsène Lupin.

J'ai rêvé qu'il me priait de l'accompagner à un grand bal; je portais une robe longue bleu nuit constellée de poussières d'étoiles et des souliers de verre. Comme Cendrillon. Sauf que je me changeais en citrouille au premier coup de minuit! Je me suis réveillée en me tâtant le ventre, les bras, les jambes avec soulagement. J'allais raconter mon rêve aux garçons quand Alexis a poussé un cri:

— Regardez!

Une voiture de police se garait juste en face de l'immeuble où habitait Olivier. Deux hommes sont descendus, ont claqué les portières et ont sonné à l'interphone.

On a vu Olivier aller ouvrir la porte trente secondes plus tard. Les deux détectives sont entrés.

— Qu'est-ce qu'ils lui veulent?

— Est-ce qu'ils vont l'arrêter?

J'espérais bien que non! Je commençais à le trouver gentil!

Les détectives sont restés chez lui une dizaine de minutes. Olivier est sorti derrière eux et il est venu directement à l'auberge. Il était blême.

— Avez-vous vu Arielle durant mon absence hier après-midi?

— Non, pourquoi?

— Elle a disparu! Deux policiers sont venus me prévenir.

— Quoi? a dit Pierre. Disparue? Mais comment?

— C'est bien ce qu'on ignore! a fait Olivier. Elle devait manger avec son amie Ludivine qui revient d'un long voyage. Comme elle n'est pas venue au rendez-vous, Ludivine s'est inquiétée. Elle a appelé chez elle sans succès. Puis au théâtre. Personne ne l'a vue. Elle a téléphoné vainement à tous nos amis. C'est incroyable! On ne disparaît pas comme ça!

— On l'a peut-être enlevée? a suggéré Alexis.

— Pourquoi?

— Pour exiger une rançon?

Olivier a eu un rire triste:

— Une rançon? Les comédiens ne sont pas tous fortunés. Les gens imaginent souvent que les acteurs sont riches parce qu'ils sont célèbres. Ce n'est pas le cas de la plupart d'entre nous. Arielle n'est pas pauvre, mais elle ne pourrait certainement pas verser une rançon. Et elle n'est pas si connue...

— Ses parents sont peut-être riches, a dit Pierre.

— Non, ce sont des retraités sans histoire.

— Était-elle dans son état normal quand elle t'a quitté, Olivier? ai-je demandé.

Olivier a hoché la tête.

— Bien sûr. Elle était fatiguée, car nous avions répété une bonne partie de la nuit, mais elle était contente de notre travail. On sentait qu'on avait progressé.

Mon cousin m'a corrigée, me rappelant que c'était lui qui avait vu Arielle la dernière fois, quand elle marchait vers la rue Saint-Louis pour prendre son autobus.

— Ah oui? Elle n'était plus inquiète?

— Inquiète? a fait Olivier en fronçant les sourcils.

Je lui ai fait remarquer qu'Arielle était bien taciturne quand on l'avait rencontrée, après avoir transporté le tapis.

— Elle nous regardait à peine... Ni toi non plus, d'ailleurs. Comme si elle était contrariée.

Olivier a soupiré, puis il nous a avoué qu'il avait eu une petite discussion avec Arielle au sujet de son copain.

— Son fiancé? Elle ne sort pas avec toi? a demandé Alexis.

— Non, plus maintenant, mais nous sommes restés de bons amis, c'est tout. Et c'est parce que je suis son ami que je lui ai posé des questions sur son copain. Elle sort avec lui depuis des semaines et elle ne me l'a jamais présenté. Je ne comprends pas tous ces mystères; nous sommes des adultes! Pourquoi le cache-t-elle? Elle n'en a parlé à personne au théâtre. Elle n'a même pas voulu dire qu'on s'était séparés.

— C'est bizarre!

— Oui. Tout ce que je sais, c'est que son copain s'appelle André. Je suis inquiet: est-ce un bandit? un malade? Elle dit qu'il n'est pas très sociable, qu'il n'est pas prêt à rencontrer ses amis maintenant. Il y a des limites! S'il se comporte comme un ours, c'est qu'il doit avoir des raisons... qui ne peuvent être bonnes.

— Est-ce que tu penses qu'il pourrait être mêlé à la disparition d'Arielle? ai-je murmuré.

J'étais mal à l'aise de torturer ainsi Olivier, mais on devait en savoir plus.

Chapitre 4

Le ruban jaune

Olivier a gémi et hoché de nouveau la tête.

— J'en ai parlé aux policiers. Mais j'ai si peu de détails à leur fournir au sujet d'André... Ils vont questionner Ludivine, mais je doute qu'elle soit au courant de quelque chose, elle était absente les trois derniers mois. Hier soir, ce devait être les retrouvailles entre elle et Arielle...

Juliette est revenue de la banque à ce moment et on lui a raconté toute l'histoire. Elle a dit à Olivier qu'il était trop pessimiste; Arielle devait avoir changé ses plans et elle réapparaîtrait bientôt. Peut-être que ses parents étaient malades? ou une amie?

Olivier a remercié Juliette de ses paroles encourageantes, mais il est reparti chez lui sans avoir l'air d'y croire. Il n'était pas le seul; je pensais qu'il était arrivé quelque chose de grave à Arielle.

— Et si elle s'était suicidée? ai-je dit plus tard à mes amis quand on est montés pour faire du ménage dans la chambre que les Anglais avaient quittée le matin.

— Tu es folle!

— Elle paraissait pourtant bien embêtée quand on l'a vue.

Alexis a reconnu que j'avais raison, mais il soutenait qu'elle n'était pas du genre à se tuer.

— Ah non? Quel genre se tue alors? Tu connais des tas de filles qui se sont enlevé la vie? C'est souvent les gens chez qui on s'y attend le moins qui commettent ce geste.

Alexis m'a fait remarquer qu'Arielle semblait peut-être excédée le matin, mais elle était revenue répéter avec Olivier toute la soirée et même une partie de la nuit.

— Crois-tu que la pièce l'aurait intéressée à ce point si elle avait eu envie de se tuer? Olivier dit qu'elle était dans un état normal quand elle l'a quitté.

— Il avait l'air effondré. Je suis triste

pour lui...

On a joué aux Détecteurs de mensonges sans grand enthousiasme. Un certain malaise flottait dans l'atmosphère, empoisonnait notre soirée. On s'est penchés plusieurs fois à la fenêtre; les stores étaient baissés chez Olivier, mais il y avait de la lumière. J'ai pensé qu'il ferait sûrement de l'insomnie durant la nuit. Et ce n'était pas seulement la chaleur qui l'empêcherait de dormir.

Alexis a reparlé de son projet de roman... qui ressemblait étrangement à ce que nous avions vécu à Paris et à Montréal avec nos copains français. Je lui ai demandé s'il nous verserait une partie des droits d'auteur. Il ne m'a pas trouvée très drôle.

— Ça ressemble un peu, mais seulement au début! Ensuite, c'est vraiment meilleur.

Je suppose qu'il ne connaissait pas la suite de l'histoire, car il s'est levé pour observer les étoiles à la fenêtre de la mansarde. Puis il s'est tourné vers nous pour nous annoncer qu'il allait s'acheter un cherche-étoiles pour mieux connaître les astres.

— Il paraît qu'il y a encore des tas de planètes qui n'ont pas été découvertes. Je pourrais en trouver une petite...

— Et la baptiser Eugénie? a proposé Pierre

en regardant aussi à la fenêtre. Et puis tu...

Il n'a pas fini sa phrase.

— Et puis quoi? a demandé Alexis.

— C'est bizarre.

— Eugénie n'a rien de bizarre!

— Non, je parle de la fumée. La fumée de la cheminée d'en face.

Pierre nous désignait les volutes qui s'évanouissaient dans la nuit.

— Il me semble qu'on fait des feux de cheminée quand il fait froid... Pas à 20° C.

— Il y a une vieille dame dans l'immeuble d'Olivier, a dit Alexis. Elle doit être frileuse.

— Décidément, les gens d'en face sont plutôt étranges!

— Ça me fera de très bons personnages, a décrété Alexis. Je vais m'acheter un carnet pour noter mes observations dès demain.

Je me suis couchée en pensant à Arielle; où était-elle? Je ne l'aimais pas, mais ce n'était pas au point de lui souhaiter des malheurs... Je me sentais un peu coupable d'avoir songé à l'étrangler. Même une seconde.

Le lendemain, les policiers sont revenus chez Olivier. Cela ne plaisait pas du tout à Juliette, qui craignait que les clients ne s'inquiètent de ces visites particulières. Inutile de dire qu'elle n'avait pas l'air avenant quand les enquêteurs ont traversé la rue pour frapper à la porte de l'auberge! Elle les a accueillis en s'efforçant de sourire, mais le coeur n'y était pas.

On est restés dans le hall tandis que les policiers interrogeaient Juliette dans la petite salle à manger, mais on a tout entendu. Ils l'ont questionnée sur Arielle et Olivier. Ils voulaient savoir si elle avait remarqué quelque chose d'anormal.

— Puisque vous nous avez fait venir pour fouiller l'appartement de M. Bronquard, c'est que vous vous doutiez de quelque chose.

— Mais vous n'avez rien découvert, a répondu Juliette. Et puis c'était une idée de mon filleul.

— On peut parler avec votre filleul?

— Il est dans le hall avec ses amis. Mais je doute que ce soit utile.

Les policiers nous ont rejoints.

— Alors, les trois mousquetaires? Il paraît que vous avez le sens de l'observation?

Est-ce qu'il se trouvait drôle? J'ai marmonné que les mousquetaires étaient au nombre de quatre, puis je me suis tue en attendant les questions.

— Avez-vous vu quelque chose de spécial chez votre voisin depuis deux jours?

— Oui, a répondu Alexis, mais je me suis trompé. Vous le savez bien. Vous vous êtes déplacés pour rien. Olivier répétait la scène de l'étranglement avec Arielle. C'était du théâtre! On a revu Arielle tout à fait vivante par la suite.

— Elle a disparu depuis trente-six heures. Sans laisser de traces. Elle a peut-être fugué, mais à son âge... Et sans motif apparent? Son amie Ludivine insiste tant pour que nous la recherchions que nous nous sommes souvenus d'Olivier Bronquard quand elle nous l'a mentionné. Il est le dernier à l'avoir vue. À moins que vous aussi ne l'ayez croisée quand elle l'a quitté après avoir répété.

— Oui, a dit Pierre. Je l'ai aperçue qui se dirigeait vers la rue Saint-Louis.

— Elle vous a parlé?

— Non, a répondu mon cousin. Arielle ne s'est même pas retournée. Elle s'est contentée de me faire un petit signe de la main.

J'ai ajouté qu'elle était peu loquace.

— Et vous?

— On dormait, ai-je dit en même temps

qu'Alexis. Pensez-vous qu'elle soit morte?

Les policiers ne nous ont pas répondu.

— On ne pense pas qu'elle se soit sui-cidée, ai-je dit. D'après nous, elle a eu des ennuis avec son *chum*.

— C'est pourquoi nous voulions voir M. Bronquard.

— Ce n'est plus son *chum*. Le nouveau s'appelle André. Nous aussi, on mène des enquêtes.

— Des enquêtes?

— Oui, c'est au moins notre cinquième.

Les policiers se sont regardés avant de le-ver les yeux au ciel comme si j'avais dit une bêtise. Ils ont refermé leurs carnets et sont repartis après nous avoir laissé leur carte «au cas où on se rappellerait un détail».

Le plus gros s'est retourné pour préciser qu'il parlait d'un vrai détail, pas d'une fan-taisie de l'esprit.

— Ils n'ont rien à craindre, a dit Pierre. On ne les dérangera pas inutilement. On n'a pas besoin d'eux pour découvrir la vérité.

Juliette nous a avertis qu'elle ne voulait pas qu'on se mêle davantage de cette his-toire.

— Olivier est un bon voisin, il ne faut pas l'ennuyer. Je suis déjà assez gênée d'avoir envoyé ces flics chez lui!

— Il ne sait pas que c'est toi, a dit Alexis.

— N'empêche, vous êtes trop jeunes pour vous préoccuper de ces problèmes.

Oh là là! C'est une manie chez les adultes! Croient-ils qu'on soit moins intelligents quand on est adolescents? J'ai fait signe aux garçons de me rejoindre dans le jardin, où on pourrait parler en paix.

— Je vais aller chez Olivier, ai-je annoncé. Pour le consoler. Et pour en savoir plus... S'il y a quelque chose de suspect, je m'en apercevrai.

— Tu crois qu'il est coupable? m'a soufflé Pierre, tandis que je remettais mes sandales.

— On ferait mieux d'y aller avec toi, c'est peut-être dangereux, a ajouté Alexis.

— Il ne me tuera pas! Il vaut mieux que je sois seule. Ce sera plus intime, plus romantique; il me fera peut-être des confidences.

Mon cousin a murmuré que je n'allais pas chez Olivier pour écouter ses histoires d'amour, mais pour découvrir des indices.

— L'un n'empêche pas l'autre. Il a répété trois fois qu'Arielle et lui s'étaient séparés mais étaient restés de bons amis. Comme s'il voulait nous en convaincre.

— Et s'en convaincre, a dit Alexis. Il doit être jaloux d'André, le nouveau *chum* d'Arielle.

— Quelle belle vengeance que de le faire soupçonner de l'enlèvement ou du meurtre d'Arielle! s'est exclamé Pierre.

— Doucement, ai-je fait. Ce ne sont que des hypothèses. Il en faut plus pour accuser quelqu'un.

— On sait bien que tu trouves Olivier à ton goût, Nat, mais tu dois être lucide.

Je n'ai même pas daigné répondre à cette insinuation. J'ai quitté l'auberge en sachant que mon cousin et Alexis me surveillaient par la fenêtre.

Olivier a paru surpris de me voir, mais il m'a fait entrer. Il m'a indiqué le fauteuil de velours noir où il étranglait Arielle et je m'y suis assise lentement. Un frisson m'a parcouru l'échine, mais j'ai continué à sourire. Olivier m'a prévenue qu'il avait un rendez-vous et devait quitter son appartement dans les quinze minutes. J'avais juste le temps de boire une limonade.

— Tu es venue chercher ma photo, c'est ça?

Il était flatté, je le sentais bien.

J'ai hoché la tête, puis j'ai chuchoté que je comprenais son inquiétude.

— Tu as aimé Arielle. Ça doit être très difficile de vivre cette disparition! Mais Juliette a raison; il ne faut pas désespérer. Il doit y avoir une explication. Et si elle avait perdu la mémoire? Elle peut avoir reçu un choc, être à l'hôpital et ne pas pouvoir t'appeler parce qu'elle ne se souvient pas de toi?

Olivier a soupiré, m'a caressé la joue en disant que j'étais gentille, mais il avait déjà appelé tous les hôpitaux. Puis il est allé à la cuisine chercher la limonade. En son absence, j'ai fait rapidement le tour de la pièce. Je me suis approchée de la cheminée et j'ai compris que c'était Olivier qui avait fait du feu la veille. Pourquoi avait-il si froid?

Il s'était réchauffé depuis, car les fenêtres grandes ouvertes laissaient entrer le vent. Un courant d'air a soulevé les cendres grises et blanches et j'ai aperçu un bout de tissu jaune. Sans réfléchir, je l'ai glissé dans ma poche quand j'ai entendu les pas d'Olivier derrière moi.

— Tu as allumé un feu hier soir? ai-je demandé, car c'était inutile de faire semblant que je ne m'en étais pas aperçue.

— Oui. La nouvelle de la disparition

d'Arielle m'a figé, glacé. J'ai eu l'impression que les flammes me réconforteraient. Ensuite, bien entendu, je crevais de chaleur.

Il a bu sa limonade rapidement et il a déposé son verre d'une façon éloquente: je devais l'imiter et partir.

Je me suis levée en le remerciant pour la photo. Il m'a embrassée sur la joue en répétant que j'avais des yeux magnifiques, puis il a refermé la porte.

De toute évidence, je le dérangeais malgré ses beaux sourires.

J'ai fait mon compte rendu aux garçons qui se sont plaints que je rapportais peu d'indices.

— Mais je n'ai pas eu le temps d'en trouver! Il m'a jetée à la porte au bout de cinq minutes.

— C'est étrange qu'il ait allumé un feu, a dit Pierre.

J'ai alors pensé au ruban jaune. Je l'ai montré à Pierre et Alexis qui l'ont examiné. Mon cousin l'a approché de la fenêtre, il s'est tourné vers moi en disant d'une drôle de voix que ce ruban était de la même couleur que les rubans du chapeau d'Arielle.

— Son chapeau? Tu en es sûr?

— Presque.

— Pourquoi Olivier l'aurait-il brûlé?

On s'est regardés tous les trois d'un air effaré: Olivier Bronquard avait peut-être fait disparaître dans le feu le chapeau d'Arielle.

— Pierre, tu as vu Arielle hier matin. C'est impossible! Tu dois te tromper; c'est un jaune qui lui ressemble, c'est tout.

— Non! J'ai raison! Citrin n'est pas jonquille, ni safran.

Pour ce qui est des couleurs, Pierre ne plaisante pas! Il y attache une grande importance quand il dessine. Je n'ai plus protesté; je sentais que mon cousin disait vrai.

— Pourquoi aurait-il voulu détruire ce chapeau? a demandé Alexis. Qu'est-ce qui s'est passé? Quand?

— Après avoir chargé la malle, il a sûrement retrouvé Arielle chez elle ou ailleurs, puis il est allé au théâtre. Ou ailleurs...

Pierre avait un tel ton en répétant «ou ailleurs» que j'ai frémi. Et quand il nous a expliqué comment il imaginait le déroulement de la soirée, j'ai carrément frissonné, même si on était en juillet.

— Olivier a rejoint Arielle; c'est à ce moment qu'il a pris le chapeau. Ils se sont séparés, puisque lui est allé au théâtre, mais pas elle. Personne ne l'a vue là-bas. Olivier a donc laissé Arielle quelque part. Puis il est revenu du théâtre, portant un sac probablement, qui contenait le chapeau. Il l'a ensuite brûlé. Et Arielle a disparu depuis. Je crois qu'il a brûlé tous les autres vêtements d'Arielle.

— Pour détruire les indices! ai-je affirmé. Il a tué Arielle, l'a dépouillée de ses habits, a caché le corps et a réduit en cendres les vêtements afin qu'on ne puisse identifier Arielle trop rapidement.

— Et qu'il n'y ait aucune preuve chez lui.

— Il est très fort... Mais on a ce ruban qui le trahit, a dit Alexis. Vous croyez vraiment qu'il l'a tuée?

— Nous avons eu tous les trois des soupçons sur Olivier, a dit Pierre. C'est quand même étrange qu'Arielle disparaisse après qu'on a pensé par deux fois qu'Olivier l'avait assassinée!

— C'est une coïncidence, a fait Alexis.

— Non, je ne pense pas, ai-je dit.

— Tu crois qu'il l'a tuée? a répété mon ami.

— Je ne sais plus quoi penser, mais lui sait sûrement quelque chose! Il faut découvrir ce qu'il nous cache. Il y a trop de coïncidences...

— Pourquoi Olivier aurait-il assassiné Arielle? a demandé Pierre.

— Par jalousie! ai-je clamé. C'est évident! Il était furieux quand il nous a parlé d'André. Il a dit que c'était un bandit et un malade alors qu'il ne le connaît même pas.

Nous avons réfléchi à notre atroce découverte. Devions-nous prévenir la police? Mais nous n'avions aucune preuve de ce que nous avancions. Pierre était le seul à avoir remarqué le chapeau; les enquêteurs se moqueraient de nous. Il fallait étayer notre dossier.

— On va s'introduire chez lui. Et tout fouiller.

— Comment?

— En me faisant enfermer chez lui, a dit Alexis.

— Quoi?

Pour une fois, je dois admettre que l'idée d'Alexis était bonne. Je retournerais chez Olivier en prétextant que j'avais perdu une boucle d'oreille. J'entraînerais le comédien dans le salon tandis qu'Alexis se glisserait dans la cuisine.

— Et s'il ne va pas à son rendez-vous? a objecté Pierre. S'il t'a menti?

— Il faudra retourner chez lui pour faire sortir Alexis...

— Et s'il découvre Alexis?

Alexis a haussé les épaules, il a rougi en expliquant qu'il mentirait à Olivier.

— Qu'est-ce que tu lui raconteras?

— Ne riez pas! Je dirai que je suis amoureux de Natasha et que je l'ai suivie parce que je suis jaloux du comédien.

— Alexis! me suis-je exclamée. Ça n'a pas de bon sens!

Pierre m'a arrêtée. Il a pris la défense de notre ami, me prouvant qu'Olivier croirait cette histoire.

— C'est un adulte; il pense sûrement que les adolescents sont bizarres et impulsifs!

— Dépêchons-nous, a dit Alexis. Il ne tardera pas à partir.

On s'est faufilés hors de l'auberge au moment où Juliette nous appelait pour faire la vaisselle. J'ai frappé à la porte d'Olivier et il s'est forcé pour sourire en me reconnaissant.

— Je ne vais pas te déranger longtemps. Je sais que tu dois partir, mais j'ai perdu une boucle d'oreille.

Sans lui laisser le temps de réagir, je l'ai entraîné dans le salon où il m'a dit que son rendez-vous était reporté.

J'ai parlé très fort afin qu'Alexis m'entende et reste à l'extérieur:

— Tu ne pars plus?

Olivier a eu l'air étonné de m'entendre crier, mais il s'est mis à quatre pattes pour chercher ma boucle d'oreille sous le canapé.

Au bout de deux minutes, je lui ai dit que je devais l'avoir perdue ailleurs et je suis ressortie. Alexis m'attendait dans l'escalier, très déçu.

— Opération ratée! a-t-il maugréé.

Tout en lavant la vaisselle, on a décidé de retrouver le mystérieux André en attendant d'avoir une occasion de retourner chez Olivier.

Pas simple: on n'avait aucune piste.

— On devrait aller chez Arielle, a suggéré Alexis.

— Les policiers y seront.

— Ils nous laisseront peut-être entrer? On doit tenter notre chance, on n'a pas d'autre solution.

— On pourrait parler à son amie Ludivine.

— Ludivine qui? Où habite Arielle? a demandé Pierre.

Bonnes questions... Alexis a fait claquer ses doigts:

— On va s'informer au Conservatoire d'art dramatique. Arielle et Ludivine y ont peut-être étudié. Ils doivent avoir des photos des élèves, non?

Le conservatoire est situé dans le Vieux-Québec; en moins de cinq minutes, on y était. Pour constater qu'il était fermé. C'était bien la première fois de ma vie que j'étais déçue qu'une école ne m'ouvre pas ses portes en plein été! On a poireauté devant l'immeuble durant un gros quart d'heure, ne sachant comment poursuivre notre enquête.

Nous allions nous résoudre à revoir les policiers quand un vieux monsieur, qui devait nous observer de son balcon depuis quelques minutes, nous a hélés:

— Eh, les jeunes! Vous attendez quelqu'un?

— Oui, a dit Alexis, tandis que Pierre répondait non.

— On cherche des renseignements, monsieur, ai-je dit.

— Des renseignements? Sur qui?

— Sur des comédiennes.

— Pourquoi?

Il était bien curieux. Mais je ne pouvais le lui reprocher. Je lui ai souri en disant que c'était une longue histoire.

— Montez donc me la raconter, a-t-il demandé.

Chapitre 5

M. Chanteclerc

J'ai regardé les garçons; nous n'avions rien à perdre. Peut-être que cet homme pourrait nous donner le nom d'un professeur du conservatoire?

Pleins d'espoir, nous avons gravi les escaliers jusqu'au troisième étage. La porte était déjà ouverte. M. Chanteclerc nous attendait, manifestement ravi de notre visite.

Nous nous sommes présentés, il nous a fait entrer dans son salon qui ressemblait à l'idée que je me fais de la tente d'un cheik! Il y avait d'énormes coussins dorés, violets, turquoise sur des tapis à poil long, les murs étaient tendus de draperies, les fenêtres voi-

lées par des mètres de mousseline mordorée.
C'était magnifique! Il ne manquait que le
désert et les chameaux. Et le thé à la menthe.

Notre hôte nous en a justement offert.
Tandis qu'il s'affairait dans la cuisine, Alexis
m'a dit qu'il adorait la décoration; il regret-
tait seulement qu'il n'y ait pas de danseuses
du ventre.

— Idiot!

— Je me demande d'où il vient pour avoir
un tel appartement? a dit Pierre.

— Je suis né à Québec, a répondu
M. Chanteclerc. Mais ça n'empêche pas de
rêver aux mille et une nuits, non?

Nous avons acquiescé. Il nous a expliqué
qu'il s'était toujours passionné pour ces récits. Il adorait voyager, il avait été en Iran, en
Arabie et il avait rapporté ces souvenirs de
ses visites.

Il était professeur et traducteur de persan;
il avait également enseigné l'histoire de l'art
et la finance. Il nous a cité quelques vers du
poète Omar Khayyâm et, pendant un instant,
nous avons oublié notre enquête. C'est
M. Chanteclerc qui nous a ramenés à la réalité.

— Alors, on cherche des informations?
Sur qui?

— Sur Arielle Bertrand et Olivier Bronquard. Vous les connaissez? On cherche aussi une certaine Ludivine. Mais on ignore son nom de famille.

Le vieux monsieur a penché la tête sur le côté avant de nous révéler qu'il avait enseigné à Olivier, dix ans auparavant.

— Vous étiez aussi professeur au conservatoire?

— Oui, d'escrime. Je suis traducteur et peintre, et comme le dit l'adage: *mens sana in corpore sano*, ce qui signifie «un esprit sain dans un corps sain». Je fais donc de l'alpinisme et je suis un redoutable bretteur!

Il a désigné des fleurets suspendus au mur.

— J'ai donné des cours au conservatoire: Olivier était un de mes élèves lors de ma dernière année d'enseignement. Il n'était pas très doué pour le fleuret, mais il avait une telle présence sur scène! Il se glissait dans la peau de ses personnages avec une aisance stupéfiante. C'est dommage qu'il ait interrompu sa carrière durant des années pour voyager.

— Pour voyager?

— Quand il a quitté le conservatoire, toutes les portes s'ouvraient pour lui; on reconnaissait qu'il promettait beaucoup. Il a joué quelques rôles au théâtre, mais il trouvait qu'il ne gagnait pas suffisamment d'argent... Il est parti pour Hollywood.

— Hollywood? s'est exclamé Alexis. Il ne nous en a pas parlé.

— Je ne sais pas s'il y est vraiment allé. On ne l'a jamais vu dans un film américain. Et je n'ai lu aucune critique à son sujet durant ses années d'absence. Quand il est revenu, je l'ai revu par hasard. Il m'a dit qu'il s'était promené en Europe et en Asie pour trouver l'inspiration; il prétendait qu'il voulait écrire une pièce de théâtre. Il avait plusieurs projets. Il doit en avoir réalisé certains, car il semblait très sûr de lui. Il portait de beaux vêtements et conduisait une camionnette neuve.

— Et Arielle?

— Je ne l'ai jamais vue autrement qu'à la scène. Quant à votre Ludivine, il doit s'agir de Ludivine Dumont. C'est un prénom plutôt rare. Je pense qu'elle réussira sa carrière; elle a énormément de tempérament. Mais pourquoi vous intéressez-vous à ces personnes?

J'ai regardé Alexis et Pierre, qui m'ont approuvée du regard, avant d'exposer la raison de nos recherches à M. Chanteclerc. Il m'a écoutée avec un intérêt grandissant. Quand j'ai fini mon récit, il a réfléchi un long moment, puis il nous a déclaré qu'il ne serait pas étonné qu'Olivier soit mêlé à quelque chose de louche.

— Il est pourtant très gentil, ai-je dit en même temps qu'Alexis.

— C'est vrai; il a beaucoup de charme. Mais il est également très déterminé; il a toujours été prêt à écraser quiconque pouvait lui nuire ou retarder ses projets. Il était terriblement ambitieux quand je l'ai connu. Et aussi avide qu'un Alceste.

— Un Alceste?

— L'avare de Molière, dont la vie est menée par l'appât du gain. Je vous ai dit qu'Olivier avait de beaux vêtements quand je l'ai vu. Il m'a révélé, un jour, après que je l'ai battu en duel, qu'il perdait uniquement à l'escrime. «Les autres duels, je les gagne tous.» Peut-être qu'Arielle s'est dressée sur son chemin...

Nous avons bu notre thé à la menthe en silence, plongés dans nos réflexions.

— Savez-vous comment rejoindre Ludivine? Elle pourrait nous parler d'André et sûrement d'Olivier.

M. Chanteclerc s'est levé et a rejoint en

quelques enjambées un secrétaire. Il nous a tendu l'annuaire de l'Union des artistes.

— Je n'en ai aucun besoin, mais j'aime lire le nom des comédiens. J'aurais souhaité leur enseigner l'escrime jusqu'à ma mort.

Il semblait si déçu de ne plus avoir d'élèves que je lui ai demandé de nous donner des cours durant notre séjour à Québec.

— Mais bien sûr!

Les yeux de M. Chanteclerc pétillaient de joie. Il a feuilleté l'annuaire et a trouvé rapidement les coordonnées de Ludivine.

— Vous pouvez l'appeler d'ici, si vous voulez. Elle n'habite pas très loin, dans le quartier Saint-Jean-Baptiste. Vous pourriez peut-être la rencontrer maintenant?

M. Chanteclerc nous portait chance! Ludivine était chez elle et, même si elle paraissait surprise de m'entendre, elle a accepté de nous voir quand je lui ai dit qu'on cherchait Arielle. J'ai ajouté qu'on l'aimait bien, même si ce n'était pas tout à fait vrai.

Nous avons promis à M. Chanteclerc que nous reviendrions bientôt chez lui pour notre première leçon d'escrime, puis nous sommes partis. Le ciel n'a pas tardé à se couvrir et nous nous sommes fait doucher par l'orage juste avant d'arriver chez Ludivine.

Elle nous a regardés d'un air circonspect avant d'aller chercher des serviettes. Après m'être éponsé les cheveux, je lui ai dit que nous avions déjà mené des enquêtes.

— On veut en savoir plus sur le *chum* d'Arielle.

— Olivier?

— Non, André, son nouveau copain. Olivier et elle ont rompu depuis des semaines.

— Quoi?

— C'est ce qu'il nous a dit.

Ludivine a froncé les sourcils et affirmé que c'était impossible. Arielle lui avait dit qu'ils devaient faire un voyage ensemble à l'automne. Ils iraient à Venise. Olivier lui avait même parlé de mariage.

— Mariage? Il nous a dit qu'elle sortait avec André.

— André qui? Je n'ai jamais entendu parler de lui. Et je peux vous jurer qu'Olivier et Arielle étaient en amour par-dessus la tête! On les surnommait Roméo et Juliette! Vous avez mal compris.

— Non! a dit Pierre. Olivier nous a affirmé qu'il ne fréquentait plus Arielle.

— Vous en êtes certains? Ça m'étonne vraiment! Mais je n'ai pas vu Arielle depuis trois mois. On devait justement se rencontrer pour qu'elle me raconte ce qu'elle avait vécu ces dernières semaines... Et moi, je... C'est ma meilleure amie.

En disant ces mots, Ludivine s'est mise à pleurer; elle nous a confié son angoisse. Elle n'avait rien mangé et n'avait pas dormi depuis la disparition d'Arielle. On a tenté de la rassurer, même si on avait de plus en plus une impression funeste. On a quitté Ludivine en lui demandant de taire notre visite à Olivier si elle le voyait. On lui a également promis de l'informer de la progression de notre enquête.

— Elle est très chouette, cette femme, ai-je dit sur le chemin du retour.

— Oui, j'aime les gens fidèles en amitié.

Juliette nous attendait... avec un sermon: on aurait dû l'avertir qu'on s'absentait tout l'après-midi. Elle était furieuse et on s'est dirigés à la cuisine sans dire un mot.

Il y avait une montagne de légumes à éplucher, et cela m'a rappelé celle d'un hôtel de Montréal. Dans cet hôtel, j'avais fait confiance à Ralph parce qu'il était beau, mais j'avais alors commis une erreur. Je n'accorderais pas autant de crédit à Olivier!

Après le repas, on a fait la vaisselle. On allait monter à la mansarde pour discuter de la suite des opérations quand on a entendu Juliette s'exclamer. On l'a rejointe dans sa chambre où elle regardait la télévision.

— Venez voir! M. Merrick a repris connaissance ce matin!

— Celui qui avait été assommé par le voleur des *Danseuses*?

— Oui!

Le journaliste expliquait que M. Merrick avait déjà rencontré les enquêteurs, à qui il avait décrit la voleuse. Car c'était une femme qui l'avait agressé! On avait même fait un portrait-robot de la suspecte. Elle avait des cheveux noirs mi-longs, de grands yeux et une bouche aux lèvres charnues.

Elle avait invité M. Merrick au restaurant en prétendant qu'elle était reporter et voulait lui parler des *Danseuses* de Van der Velt. Elle avait un accent européen et se disait hollandaise, comme le célèbre sculpteur. M. Merrick avait accepté son invitation. La jeune femme était allée le chercher chez lui en voiture. Il lui avait offert un verre et ils avaient bavardé jusqu'à ce qu'elle l'assomme. M. Merrrick ne se souvenait de rien de plus.

Il précisait toutefois qu'il avait pris auparavant des renseignements sur cette journaliste et qu'elle avait les meilleures références. Les policiers ont vérifié rapidement ses dires et compris: la criminelle avait pris l'identité d'une journaliste qui vivait à Amsterdam.

— La voleuse doit avoir fait une prise de judo à M. Merrick pour l'immobiliser avant de le frapper, ai-je dit en songeant que je n'avais pas fait mes exercices depuis une semaine. Mon prof de judo serait mécontent s'il savait ça!

— Elle doit s'être teint les cheveux maintenant, a dit Alexis tandis qu'on montait à la mansarde. Et avoir quitté le pays. Les policiers l'arrêteront peut-être quand elle essaiera de revendre *Les danseuses*.

— Ça m'étonnerait, a dit Pierre. Elle devait avoir un client pour tenter un coup si audacieux! À moins qu'elle ne tienne à garder les statues. En tout cas, tu ne l'attraperas jamais, Alexis.

— Elle non, mais Olivier oui!

— Comment?

— Il faut retourner chez lui. C'est impossible qu'il n'y ait pas le moindre indice.

Alexis, Pierre et moi avons vainement cherché un moyen de nous introduire chez le comédien. On ne pouvait grimper jusqu'au deuxième étage! Ni entrer sans avoir les clés. Les fenêtres de son appartement étaient toujours ouvertes, mais on ne pouvait les atteindre.

— C'est frustrant, a ragé Alexis. Tout serait si simple s'il habitait au rez-de-chaussée.

Nous avons joué au Monopoly, puis Alexis est allé voir si Juliette était encore fâchée contre nous. Elle nous avait pardonné et nous proposait même une balade à l'île d'Orléans. Nous avons accepté, malgré le fait que j'aurais préféré rester à l'auberge pour guetter l'arrivée d'Olivier.

J'ai bien aimé les chutes Montmorency, d'où j'ai pu contempler la ville illuminée au loin. Et j'ai adoré le cornet que j'ai mangé en admirant Québec du pont de l'île. La glace était douce, moelleuse, pas trop sucrée, parfumée d'un soupçon de vanille, un délice!

Alexis et Pierre ont choisi leur crème glacée au chocolat et aux fraises et Juliette a opté pour les pistaches. Elle ne nous en voulait plus du tout de notre escapade et j'étais gênée de lui mentir quand elle nous a demandé ce qu'on avait fait durant notre absence.

Mais pouvais-je lui dire qu'on enquêtait sur son voisin?

J'ai détourné habilement la conversation en l'interrogeant sur son auberge: les gens sont toujours heureux de parler de leurs réalisations et Juliette était fière, à juste titre, de l'auberge des Fleurs. Elle était bien cotée dans les guides et avait des clients réguliers depuis son ouverture, trois ans plus tôt. Juliette nous a confié qu'elle avait toujours souhaité avoir un petit hôtel, puis elle a voulu savoir quels étaient nos rêves.

— On en a des tas! a fait Alexis.

Il voulait être riche, célèbre, batteur dans un groupe de rock, détective, océanographe et romancier.

— Romancier?

— Oui, j'écrirai mes aventures.

— Et toi, Pierre? a dit Juliette en s'efforçant de dissimuler son sourire pour ne pas vexer Alexis.

Pierre a haussé les épaules. Il ignorait ce qu'il désirait vraiment.

— Être heureux, j'imagine.

Il avait pourtant une voix triste en disant cela.

— Ce n'est pas toujours facile, a murmuré Juliette.

Elle savait que Pierre avait vécu des moments plutôt sombres. Alexis lui avait raconté que ma tante est dépressive et que Pierre a quasiment vécu seul avec son père.

— Tu seras un grand peintre et tu vas jouer du saxophone dans les plus belles boîtes de jazz, a déclaré Alexis. J'en suis sûr!

— Tu aimes le jazz? a demandé Juliette. Tu sais jouer du saxo? Et tu n'as pas apporté ton instrument? C'est un scandale!

Elle a confessé une véritable passion pour le jazz, puis elle a fait claquer ses doigts:

— Il faut que tu rencontres Paul. C'est le grand ami de Jeff. Il joue dans un groupe. Mais avant, on fait un petit arrêt à l'auberge pour voir si tout va bien. Je peux me permettre de sortir, car les clients qui sont chez moi cette semaine sont des habitués, mais je préférerais leur laisser un mot.

Aussitôt dit, aussitôt fait.

On était un peu gênés de sonner chez Jeff et Paul, mais ils ont eu l'air contents de nous voir. Ils habitaient une vieille maison sur le boulevard Champlain, car ils aiment voir le fleuve tous les jours. Je les ai enviés! À Montréal, il y a aussi le fleuve, mais on n'en profite pas autant qu'à Québec. En fait, on ne le voit vraiment qu'en allant à la Ronde ou en faisant de la bicyclette sur les berges réaménagées.

Paul a joué deux pièces de jazz, puis il a insisté pour que Pierre s'exécute. Mon cousin s'est un peu fait prier, mais il était fier qu'on s'intéresse à lui. Juliette m'a fait un clin d'oeil; elle avait réussi à chasser sa mélancolie.

Paul et Jeff nous ont ensuite offert de déguster une pizza. Décidément, ils me plaisaient bien. J'avais faim! On avait mangé quatre heures plus tôt. J'ai aidé Jeff à garnir ses pâtes à pizza. On a mis du jambon, de la mozzarella, des tomates séchées, du poivron et des olives vertes. On s'est régalés!

On est rentrés à l'auberge en chantant, mais on s'est tus en descendant de la voiture, car il était minuit et demi. Les clients étaient tous couchés, car les lumières étaient éteintes. On avait presque l'impression de pénétrer dans l'auberge par effraction. J'avais le fou rire, Alexis et Pierre aussi. Juliette n'arrêtait pas de répéter: chut, chut, mais c'était plus fort que nous.

On a cessé de rire, toutefois, quand, de notre mansarde, on a constaté qu'il y avait de la lumière chez Olivier. Les stores baissés dissimulaient notre suspect.

— Je me demande ce qu'il fait, a dit Pierre.

— Je me demande où est Arielle.

— On va aller chez Olivier demain, ai-je chuchoté. Il doit bien y avoir un moyen!

Chapitre 6

Arielle

C'est Juliette qui nous a réveillés le matin. Elle avait l'air effrayée et elle a commencé par nous dire qu'il ne fallait pas crier.

— Crier?

— J'ai une mauvaise nouvelle.

— Maman? a dit Pierre. Il est arrivé quelque chose à ma mère?

— Mais non! C'est Arielle.

— Arielle?

Juliette a baissé les yeux avant de nous dire que les policiers avaient retrouvé son corps à l'aube. Un pêcheur matinal avait vu quelque chose flotter sur la rivière Saint-Charles. Il avait averti les autorités.

— Elle est morte noyée?

— On ne le sait pas encore. Il y aura une conférence de presse à midi.

— C'est incroyable, a dit Alexis.

Nous y croyions pourtant; nos intuitions étaient bonnes...

— Olivier va être effondré, a murmuré Juliette. Je vais l'appeler.

Elle est sortie de la mansarde pour téléphoner. On s'est précipités à la fenêtre: les stores étaient relevés et on a vu Olivier se diriger vers le salon pour répondre au téléphone. Il s'est assis et n'a plus bougé durant cinq minutes. Puis il est retourné dans sa chambre. Et de nouveau dans le salon.

— Il y a des tas de gens qui vont l'appeler, a murmuré Pierre. On ne le regardera pas répondre toute la matinée.

— On ne peut tout de même pas fouiller chez lui pendant qu'il y est. De toute façon, on ne sait pas encore comment pénétrer dans son appartement.

Nous tournions en rond et ça m'exaspérait: nous avions un suspect qui restait chez lui ou que nous ne pouvions suivre, car il avait une voiture. Notre enquête piétinait lamentablement alors que nous étions quasiment persuadés de la culpabilité d'Olivier.

— On ne peut entrer chez lui que par effraction, ai-je dit. C'est regrettable, mais c'est la seule solution.

— Veux-tu dire qu'on va entrer par la fenêtre?

J'ai hoché la tête.

— On va monter sur la grande échelle? En plein jour? Devant tout le monde? Et sous quel prétexte?

— On va acheter une vitre. Dès qu'Olivier quittera son appartement, nous jouerons à la balle-molle. Il suffira de briser un carreau. On devra le remplacer ensuite... On grimpera alors à l'échelle et on entrera par une des fenêtres. J'ai remarqué qu'il laisse toujours celles du salon ouvertes.

Alexis a fait une grimace; il doutait que cette manière de procéder plaise à sa tante.

— Il faudrait qu'elle soit absente, elle aussi.

— Elle va acheter des fleurs au marché aujourd'hui. Elle m'a invitée à l'accompagner hier soir. Je dirai que j'ai mal à la tête et que je préfère rester à l'auberge.

— Espérons qu'Olivier partira en même temps qu'elle!

Nous sommes descendus pour prendre notre petit déjeuner; les clients ne parlaient

que du meurtre annoncé en première page des journaux. J'étais prête à parier qu'ils
seraient tous là pour regarder la télévision
quand on retransmettrait la conférence de
presse.

J'avais raison. À midi pile, chacun était
dans sa chambre à regarder les informations.
Alexis, Pierre et moi attendions avec impa-
tience les déclarations des policiers.

Ils ont confirmé ce que nous avions deviné depuis longtemps: Arielle n'était pas
morte noyée, mais étranglée. On avait retrouvé son corps entièrement dénudé, mais
on l'avait identifiée rapidement, car on avait
des tas de photos d'elle.

— C'est affreux, a dit Juliette en étei-
gnant le téléviseur.

À ce moment, la sonnette du hall d'entrée,
annonçant les arrivées, a tinté. Ce n'était pas
un client qui se présentait au comptoir, mais
Olivier. Il avait les yeux rouges et tremblait.

— Je ne peux pas le croire...

Il n'a pas pu terminer sa phrase et Juliette
lui a pris les mains pour le réconforter. Il
paraissait vraiment triste et je n'aurais pas
douté de son affliction si je ne m'étais répété
qu'il était comédien. Il pouvait mimer la
peine; c'était son métier. Et M. Chanteclerc

avait dit qu'il était très talentueux. Ses larmes devaient être de fausses larmes...

— Arielle ne sera pas enterrée avant plusieurs jours. À cause de l'autopsie. Je me demande quel fou l'a tuée?

— Les policiers n'ont pas retrouvé son copain André?

Olivier a secoué la tête; les enquêteurs n'avaient aucune piste. Il s'est fâché pour se plaindre de leur incompétence. Il a fait tout un discours sur l'injustice qu'il y a à payer des taxes alors qu'on est protégés par des incapables. Il était réellement outré.

— Ils n'ont aucune piste! Aucune!

Puis il s'est dirigé vers la porte en soupirant, avant d'ajouter qu'il devait aller au théâtre pour tout organiser.

— Organiser quoi? ai-je dit.

— On va préparer quelque chose en souvenir d'Arielle. Une petite cérémonie après l'enterrement. Sa famille verra qu'elle avait une autre famille, celle du théâtre, qui l'appréciait vraiment.

— Cela les touchera beaucoup, a dit Juliette.

— Et puis, on doit choisir une comédienne pour remplacer Arielle.

— Déjà? s'est écrié Alexis. Elle n'est pas

encore enterrée et tu penses à une autre?

Olivier a eu une sorte de râle douloureux, avant d'expliquer d'une voix rauque que c'était ce qu'Arielle aurait voulu. Comme tous les acteurs qui pensent que «le spectacle doit continuer».

— C'est toute notre vie, et Arielle va justement continuer à vivre à travers notre jeu.

Alexis allait protester quand je lui ai mis la main sur l'épaule en murmurant qu'Olivier savait sûrement ce qu'aurait aimé Arielle.

Juliette est sortie peu après le départ d'Olivier. J'ai refusé de l'accompagner et, cinq minutes plus tard, j'allais à la quincaillerie avec Alexis chercher une vitre, tandis que Pierre s'efforçait de briser une vitre de l'appartement d'Olivier. Il n'avait pas encore réussi quand on est revenus. Alexis est parvenu à casser la vitre au premier essai!

Les passants se sont évidemment retournés en entendant le bruit du verre éclaté, mais j'ai devancé leurs remontrances en reprochant à Alexis de ne pas regarder où il lançait sa balle. Il a dit, assez fort pour que tous les gens l'entendent, qu'il allait réparer sa bévue.

Pierre et lui sont allés chercher la grande

échelle qu'Alexis avait utilisée pour peindre les grilles des balcons et ils l'ont appuyée contre le mur. Pierre est monté sur l'échelle, a coupé la vitre brisée et est entré dans l'appartement. Je me suis éclipsée aussitôt pour me rendre devant l'appartement, il m'a ouvert la porte et, tandis que je fouillais la place, Alexis et Pierre changeaient la vitre. De cette manière, ils accréditaient notre alibi et pouvaient m'avertir si Olivier revenait.

J'ai procédé avec méthode: un tour rapide dans chaque pièce, puis une étude plus méticuleuse de la chambre. Je n'ai trouvé ni vêtement, ni bijou qui aurait pu appartenir à Arielle.

J'allais m'avouer battue quand j'ai tâté un bout de papier soigneusement plié dans la poche d'un manteau de fourrure, au fond de la garde-robe. Je me suis dit qu'Olivier ne portait pas cette peluche en été; il avait donc caché la feuille dans un endroit où personne ne risquait de la chercher.

J'ai parcouru la page; il y avait plusieurs numéros ainsi qu'un dessin représentant une horloge. Je n'ai rien compris à ce code et je n'avais pas le temps de le déchiffrer, mais j'ai pu recopier les numéros, car il y avait en tout une douzaine de lignes. Comme je finissais, Pierre m'a signalé le retour d'Olivier. Je suis sortie aussitôt, tandis qu'Alexis devait retenir l'attention d'Olivier en lui expliquant comment il avait cassé sa vitre.

J'avais très peur qu'Olivier ne se retourne et ne me voie, mais Alexis avait pris la peine de descendre de l'échelle pour lui parler. Il le tenait même par le bras en lui jurant que Pierre et lui terminaient leur travail. Avec des accents pathétiques dans la voix, il le suppliait de ne rien dire à Juliette. Lui aussi pourrait être comédien!

Olivier paraissait contrarié, mais il a promis de garder le secret. Les garçons ont fini de poser la vitre et ils m'ont rejointe dix minutes plus tard dans la chambre mansardée.

Je leur ai montré la feuille chiffrée.

— C'est tout ce que j'ai trouvé. Il n'y a rien qui ait appartenu à Arielle dans l'appartement. Il a tout détruit, tout brûlé. Mais cette feuille n'est pas codée pour rien: Olivier a réellement quelque chose à cacher.

— On n'a plus qu'à déchiffrer le code! a dit Alexis.

— Facile à dire, a soupiré Pierre.

Il y avait une série de chiffres dont certains étaient encerclés. Suivaient une ligne pointillée et une série de lettres:

0 . (1) . (1) . 4 . / (12) . 4 . (6) . (6) . 4. (11)
.... (SAA-EE-A-) GO . GI . KG . QM.

Je pense que j'aurais mieux compris si le code avait été en chinois!

La ligne suivante n'était pas plus limpide:
9 . 4 . 0 . (1) . / (5) . (2) . 2 . 7 . 4 . (7) . (7) . 4
.... A - (I-A-G) COG - EMGG

Ni les dix autres!

— Qu'est-ce que ça peut bien signifier? a dit Alexis en se grattant la tête.

— Il y a douze numéros: ça ne peut pas être des numéros de comptes bancaires. Olivier n'a pas autant d'argent! Et on ne place pas son fric dans douze banques différentes. Alors?

— Des noms et des numéros de téléphone? Et il n'y a pas douze numéros, mais treize, si on compte le zéro.

On avait beau lire et relire les chiffres et les lettres, ils ne nous livraient pas davantage leur secret. Pierre a dit qu'il était étonnant qu'il n'y ait pas plus de E dans le code.

— Cette lettre est la plus utilisée de l'alphabet. Elle devrait revenir régulièrement.

Au bout d'une heure, on savait par coeur les numéros, mais on n'avait pas encore trouvé à quoi ils correspondaient: c'était exaspérant.

— On devrait peut-être montrer cette liste aux policiers, a dit Pierre. Ils sont habitués à ces codes. Eux ont des techniques et des ordinateurs qui chercheront la clé. J'en ai mal à la tête!

J'allais abdiquer quand Alexis a reparlé de la lettre E.

— Je pense qu'elle a été remplacée par un chiffre. Le chiffre 4, c'est celui qui revient le plus souvent avec le chiffre 7.

— Olivier aurait inversé les chiffres et les lettres? a dit Pierre. Les noms seraient en chiffres et les numéros de téléphone correspondants en lettres?

— Il faut écrire toutes les lettres de l'alphabet et leur donner un numéro.

C'est ce qu'on a fait. Mais on s'est tout de suite aperçus que les chiffres n'excédaient pas le nombre 12 alors qu'il y a vingt-six lettres dans l'alphabet. J'ai regardé le dessin du cadran, au bas de la feuille. Il était divisé en douze.

— Ce dessin d'une horloge, d'une montre ou d'un cadran n'est pas là pour rien. Olivier doit l'utiliser pour coder les noms.

— Mais il y a vingt-six lettres dans l'alphabet et vingt-quatre heures dans une journée.

— Mais regarde la liste des noms: on ne dépasse jamais le chiffre 12!

Alexis a fait remarquer qu'on utilise rarement les lettres X, Y et Z:

— Il n'a peut-être pas codé les dernières lettres de l'alphabet: je crois que Nat a raison; le cadran lui sert de repère. Basons-nous sur l'hypothèse que la lettre E est représentée par le chiffre 4.

Il a alors dessiné un gros cadran sur une feuille blanche, puis il a écrit à quoi correspondait chaque chiffre: 0 heure de la nuit égalait A, 1 heure B, 2 heures C, 3 heures D et 4 heures E.

— 4 égale E! Youpi!

On a continué ainsi jusqu'à M.

— Et on recommence, a dit Pierre, avec M pour Midi, N pour une 1 heure de l'après-midi, O pour 2 heures.

— Ce serait les chiffres qu'il a encerclés? ai-je dit. C'est génial! Essaie d'écrire mon nom en code; on verra si ça marche. Le zéro devrait revenir trois fois!

Alexis a écrit NATASHA en se fiant aux chiffres du cadran. Et ça donnait ceci: ①. 0 . ⑦ . 0 . ⑥ . 7 . 0 .

— Il y a trois zéros! Essaie Pierre avec ses deux E!

PIERRE devenait ③ . 8 . 4 . ⑤ . ⑤ . 4 . Et ALEXIS donnait 0 . 11 . 4 . ⑪ . 8 . ⑥ .

— Victoire! ai-je crié! Tu as trouvé!

— VICTOIRE? a dit Alexis. Attends un moment. Voilà: VICTOIRE égale ⑨ . 8 . 2 . ⑦ . ② . 8 . ⑤ . 4.

On était super-excités! On a décrypté le premier nom de la liste, ANNE MESSEX, puis tous les suivants en moins d'une heure. Il y avait des noms étrangers, chinois ou japonais, anglais et allemands. Qui étaient ces gens? Le dernier nom de la liste nous a choqués: SAM MERRICK.

— Sam Merrick? Le chanteur?

— Ça n'a pas de bon sens!

— Olivier connaîtrait Sam Merrick et il ne m'en aurait pas parlé? a articulé lentement Alexis.

Il avait les mâchoires tellement serrées par la rage qu'il avait peine à parler: Alexis adore Sam Merrick! Il ne pouvait pas supporter qu'Olivier lui ait caché qu'il le connaissait.

— Je lui ai confié que je courais ses spectacles! Il ne m'a jamais dit un mot à son sujet.

— Ça ne veut pas dire qu'il le connaît... On n'a pas encore déchiffré les lettres codées. On suppose que ça correspond à un numéro de téléphone, mais ce n'est peut-être pas ça.

On s'est mis à chercher la clé des lettres. Ce n'était pas aussi évident que les chiffres. On s'étonnait que ce soit toujours les mêmes lettres qui reviennent: S-A-E-G-O-I-K-Q-M-C, sans comprendre leur ordre ou leur fréquence.

— Et si on les mettait par ordre alphabétique? a proposé Pierre.

On a obtenu: A-C-E-G-I-K-M-O-Q-S.

— Et alors? a fait Alexis.

— Mets-les sous l'alphabet qu'on a écrit tantôt, ai-je dit. Regardez! Il a simplement sauté une lettre. Ce n'était pas évident, car les lettres sont mêlées, mais c'est possible.

— Je vais écrire un numéro de téléphone, s'est écrié Alexis. Attendez: 987-1001. Si je suis les indications de Nat, ça donne: QOM-ASSA.

— C'est le numéro de qui?

Alexis a rougi en disant que c'était celui d'Eugénie. Il nous a expliqué qu'il s'en souvenait à cause des *Mille et une nuits*. Me retenant de sourire, je lui ai demandé d'écrire aussi l'indicatif de Montréal: A-IAG plus le numéro.

— Regardez la liste: cette combinaison revient deux fois. Olivier aurait donc deux correspondants à Montréal?

— Je vais chercher un bottin pour faire la comparaison avec d'autres indicatifs régionaux, a proposé mon cousin. Pendant ce temps, déchiffrez les numéros de téléphone.

Pierre est remonté rapidement, tenant un bottin d'une main et une assiette de biscuits au chocolat de l'autre.

— Juliette ne m'a pas vu les prendre, mais n'oubliez pas qu'on lui a promis une heure de sarclage cet après-midi.

— On finit de décoder la liste et on redescend, ai-je dit avant de croquer dans un biscuit.

Au bout d'un quart d'heure, on avait terminé notre travail. On avait de bonnes raisons d'en être fiers, même si tous les noms, à l'exception de Sam Merrick, et numéros de téléphone nous étaient parfaitement inconnus.

— Il faut vérifier si c'est vraiment son numéro de téléphone, a dit Pierre.

— Tu veux appeler Sam Merrick? a crié Alexis.

— Chut!

— C'est moi qui téléphone, a dit Alexis.

C'est moi qui ai trouvé le code! Quand je vais dire ça à Eugénie! Elle adore Sam Merrick! C'est super!

— Attends de savoir pourquoi son nom est sur cette liste...

— Je l'appelle quand même!

Pierre nous a fait remarquer que c'était un appel interurbain; il ne fallait pas que Juliette assume les frais de nos hypothèses.

— On va appeler d'un endroit public.

— Il faut d'abord savoir dans quelle ville habite Sam Merrick. C'est peut-être à un autre fuseau horaire; il ne sera pas enchanté de nous parler si on le réveille.

On a consulté de nouveau le bottin; Merrick demeurait à Fort Lauderdale, en Floride.

— C'est curieux, on ne l'a jamais vu quand on est allés chez nos grands-parents, ai-je dit.

Pierre m'a regardée d'un drôle d'air avant de me faire remarquer que les vedettes ne fréquentaient pas les mêmes plages que nous et que...

Je l'ai interrompu en disant qu'il n'y avait pas de décalage horaire et qu'on pouvait appeler Merrick dès maintenant.

— Je pense qu'on ferait mieux de sarcler comme on l'a promis, a dit Pierre. Si Juliette nous voit quitter l'auberge sans l'avoir aidée, elle sera furieuse!

Malgré l'envie qui nous tenaillait de sortir, nous avons mis nos gants, pris nos paniers et les avons remplis de mauvaises herbes. Nous avons ensuite arrosé les cléomes et les rosiers. Alors que nous nous apprêtions à sortir, Juliette nous a apporté de la limonade bien fraîche en nous remerciant de notre travail.

Nous pensions juste au coup de téléphone qu'Alexis passerait à Sam Merrick, mais nous sommes restés à bavarder avec Juliette durant dix longues minutes afin de ne pas éveiller ses soupçons. Quand elle s'est enfin levée pour répondre à un client, nous nous sommes quasiment rués dehors.

Chapitre 7

Le tour du monde

— Où est-ce qu'on va?

— Au Temporel. Il y a un téléphone public et on pourra manger un croûton.

Alexis est fou de ces croûtons. Je lui ai même demandé s'il les préférait à Eugénie. Il ne m'a pas trouvée drôle; il est plutôt susceptible quand il s'agit de sa flamme!

On a commandé un croque-monsieur, une salade paysanne et un croûton, puis on s'est précipités vers le téléphone. Mon coeur battait vite même si je n'adore pas Merrick, car c'était la première fois qu'on téléphonait à une star! Alexis avait répété son laïus: saluer Sam Merrick, lui dire son admiration et prétendre qu'il appelait de la part d'Olivier Bronquard. On verrait bien si Merrick connaissait Olivier.

Alexis a dû refaire deux fois le numéro tellement il était fébrile. On a entendu une sonnerie, puis deux, puis le déclic d'un répondeur.

— Merde! a dit Alexis. Il n'est même pas là!

— Chut! Écoute!

On s'est efforcés de tout comprendre. Pierre, qui est très bon en anglais, nous a traduit le message: Sam Merrick était absent jusqu'à la fin de juillet, mais on pouvait joindre son agent à un autre numéro.

— Je suis vraiment malchanceux! a gémi Alexis.

— Bon, on sait le principal: on a trouvé le code! Cet essai est très concluant.

On est retournés s'asseoir. Tout en mangeant, on a décidé d'appeler les deux numéros de Montréal. On verrait ensuite si on téléphonait aussi au Japon et en France; on n'avait pas envie de dépenser tout notre argent de poche dans cette enquête.

— Il n'y a même pas de récompense pour ceux qui trouveront l'assassin d'Arielle.

— Mais si, a protesté mon cousin.

— Tu te trompes, a répliqué Alexis. C'est pour l'oncle de Sam Merrick, tu sais, le commissaire-priseur. Celui qui trouvera son agresseur obtiendra la récompense.

— Dommage...

Alexis a dit qu'il se fichait de l'argent, tant qu'il aurait sa photo dans les journaux; c'était la seule manière d'être cru par Eugénie quand il lui raconterait ses exploits. J'espérais aussi avoir ma photo à la une; je n'avais personne à séduire, mais peut-être que des garçons me remarqueraient. Je mettrais mon chandail outremer quand les reporters me photographieraient; c'est celui qui me va le mieux. Et Suzanne Trépanier serait si jalouse!

Je terminais ma salade quand je me suis aperçue que mon cousin m'observait.

— Nat, tu as perdu une boucle d'oreille.

J'ai touché mes deux oreilles; j'avais perdu la boucle gauche. Où? Mon coeur s'est mis à battre hyper-vite; et si je l'avais égarée chez Olivier Bronquard? Il saurait que j'étais allée chez lui!

— Ce n'est pas grave, m'a assurée Alexis, tu es déjà allée chez lui sous ce prétexte. S'il la trouve, il te la remettra.

— Et s'il la découvre dans sa chambre?

Dans la garde-robe?

Pierre croyait que je l'avais toujours quand j'ai quitté l'appartement d'Olivier. On a regardé autour de nous au Temporel; Michelle, la serveuse, nous a même aidés à la chercher. En vain. On est rentrés à l'auberge en marchant très lentement et en scrutant les alentours, mais je n'ai pas récupéré ma boucle.

— Et si je retournais chez Olivier? Insister, lui dire que je tiens vraiment à ce bijou?

Pierre et Alexis ont secoué la tête; inutile d'alerter Olivier. Il ne devait pas se méfier de nous.

Il ne se méfiait pas: quand Juliette nous a vus arriver, elle m'a tendu une enveloppe:

— C'est Olivier qui me l'a remise avant de partir pour le théâtre; c'est la boucle d'oreille que tu as perdue l'autre jour. Il l'a retrouvée.

On a soupiré d'aise; elle devait être tombée dans l'entrée ou dans le salon. S'il l'avait découverte dans sa chambre, il ne me l'aurait pas remise si simplement. Ouf!

On a passé une bonne partie de la soirée à discuter de la liste, tentant de deviner quels liens unissaient tous les noms. On a dû se rendre à l'évidence; on devait appeler chaque personne pour en savoir plus.

— Au Japon? En Angleterre? En France? Ça va nous coûter une fortune! a gémi Alexis.

— À moins qu'on ne fasse des recherches sur ces gens?

— Comment?

J'ai suggéré qu'on en parle à M. Chanteclerc; il avait une mémoire fabuleuse, s'intéressait à tout et avait connu tellement de monde. Il pourrait peut-être nous aider.

— Bonne idée, on ira chez lui demain matin.

M. Chanteclerc a paru ravi de nous revoir. Et très intéressé par la liste. Il nous a félicités d'avoir réussi à la décoder. Il l'a lue plusieurs fois, comme s'il voulait mémoriser les noms.

— Je ne connais qu'un seul d'entre eux, a-t-il avoué à regret.

— Oui, Sam Merrick.

— Non. Qui est-ce?

Il ne connaissait pas Merrick! Une des plus grandes stars du rock!

Il a souri et expliqué qu'il n'écoutait pas beaucoup de musique rock, puis il nous a parlé de Dominique Raffin, le quatrième nom sur la liste.

— Raffin est un grand banquier à Paris. Il est excessivement riche. C'est un mécène qui fait beaucoup pour le théâtre et la danse. Il a d'ailleurs épousé une ballerine de l'Opéra de Paris. C'est un collectionneur connu pour sa passion pour les oeufs de Fabergé...

— Des oeufs? Des oeufs vidés et colorés? À la russe?

M. Chanteclerc a esquissé un sourire avant de nous expliquer que Fabergé était un orfèvre qui réalisait des prodiges: ses oeufs minuscules, en or, en argent, en vermeil, recelaient tous des surprises. Ainsi, un oeuf pouvait contenir une petite calèche en or sertie de rubis, ou un oiseau aux plumes d'émeraude, une réplique d'un monument célèbre.

— C'était magique! J'ai pu admirer quelques pièces lors de mes voyages et j'ai toujours été mystifié par tant de talent, d'habileté, d'ingéniosité.

— On devrait regarder dans un dictionnaire, ai-je proposé. Je serais curieuse de...

— Tu ne trouveras rien.

— Comment?

— Cela est aussi un mystère; j'ai déjà cherché dans plusieurs dictionnaires et le nom de Carl Fabergé ne s'y trouve jamais. Il est pourtant connu de tous les amateurs d'art du monde entier, mais on ne lui donne aucune place... On ne découvre quelques lignes à son sujet que dans les livres spécialisés en orfèvrerie. N'est-ce pas surprenant, et injuste? Un tel artiste!

Il semblait si admiratif que j'ai espéré voir un jour ces fameux oeufs.

— Il y en a surtout en Russie. Mais revenons à nos préoccupations...

M. Chanteclerc a ajouté que Dominique Raffin possédait également deux toiles de Degas, représentant des danseuses presque aussi belles que celles du musée d'Orsay.

— On y est déjà allés, ai-je dit pour montrer qu'on n'était pas totalement ignorants.

— Ah oui? C'est formidable! Il y a longtemps?

Pierre a raconté rapidement notre séjour à Paris et les circonstances mystérieuses qui ont entouré notre enquête en France.

— Vous avez donc l'habitude de percer des secrets... Nous nous ressemblons. Et nous allons faire parler cette liste. Je vais appeler tous les numéros. Nous verrons bien ce qu'on nous répondra à l'autre bout du fil.

— Ça va vous coûter trop cher, a dit Pierre.

— Ne vous en faites pas! J'y prends tant de plaisir.

M. Chanteclerc a ainsi téléphoné à Paris, New York, Tōkyō, Chicago, Vintimille, Nuremberg, Salt Lake City, Leeds, Honfleur et Anvers. Il parlait au moins cinq langues!

Il expliquait à chacun de ses interlocuteurs qu'il cherchait quelqu'un qui portait son nom. Il demandait: «Êtes-vous M. Raffin qui est médecin à Paris?» Et le correspondant répondait: «Non, je suis le banquier. Qui êtes-vous?» M. Chanteclerc s'excusait de le déranger, racontait qu'il était un cousin éloigné et tentait d'engager la conversation afin d'obtenir plus d'informations.

Il était très habile et je lui ai demandé s'il n'avait pas aussi été un espion. Il a éclaté de rire en me disant qu'il avait eu envie d'en devenir un durant la guerre.

À la fin de la matinée, il avait rejoint neuf personnes. Elles avaient en commun d'être fortunées; il y avait un autre banquier, un célèbre chirurgien, une cantatrice, des hommes d'affaires et le directeur d'une compagnie d'assurances. M. Chanteclerc n'avait pas, dans tous les cas, parlé directement à la personne inscrite sur la liste, mais il en avait toujours appris suffisamment sur son interlocuteur.

On avait bien fait de se tourner vers lui! Il nous a offert de dîner en sa compagnie. On a téléphoné à Juliette pour savoir si elle avait besoin de nous maintenant et elle nous a permis de rester avec notre ami jusqu'à la fin de l'après-midi.

M. Chanteclerc nous a amenés au restaurant et il a paru très heureux que le patron lui demande si nous étions ses petits-enfants.

— Presque. J'en aurais voulu des semblables!

On était flattés et je n'ai pu m'empêcher de lui dire qu'il aurait fait un grand-père fantastique.

— Je n'ai pas eu d'enfant et je ne me suis jamais marié, a-t-il murmuré.

— Pourquoi?

— Je suis homosexuel. Ça vous choque peut-être, mais c'est ainsi. J'ai eu une vie bien remplie, mais j'avoue qu'en voyant mes amis gâter leurs petits-enfants, je regrette de ne pas en avoir. À condition, bien sûr, qu'ils vous ressemblent, qu'ils soient aussi dynamiques! J'espère que vous ne m'en voudrez pas de cette confidence.

Toute sa confiance en lui semblait évanouie; il craignait visiblement de perdre notre amitié. On l'a rassuré:

— Maman a un ami gai, ai-je dit.

— Ma tante Juliette a aussi des amis gais, a ajouté Alexis. Jeff et Paul sont super-*cool*.

M. Chanteclerc a souri, rasséréné, avant de nous conseiller la brochette d'agneau, la salade de poivrons et le taboulé. On a mangé tout en discutant de la liste et d'Olivier Bronquard. Quels liens l'unissaient à ces richissimes personnes? Et y avait-il des liens entre elles?

— Ce qui m'étonne un peu, c'est la dissemblance des lieux, a dit M. Chanteclerc. On fait le tour du monde! Paris, New York, Chicago et Tōkyō sont des métropoles; quel rapport peut-il y avoir avec la jolie cité d'Honfleur, la frontalière Vintimille et la triste Nuremberg? Et Miami, où vous avez appelé? Anvers?

— C'est un vrai casse-tête!

— Il nous faut davantage d'informations, a conclu M. Chanteclerc. Je vais appeler quelques amis qui travaillent dans les hautes sphères.

— Les hautes sphères?

— Qui connaissent des banquiers et des hommes d'affaires, des politiciens et des célébrités. Je pourrai vous en dire plus demain sur les membres de notre liste.

— On va tenter de faire parler Olivier sur ces villes. Les a-t-il visitées? Y a-t-il vécu? Si c'est le cas, ça expliquerait qu'il connaît des gens qui y habitent.

— Des gens aussi riches? a demandé Pierre. Ça me surprendrait. Ce n'est pas une vedette internationale. Même s'il a du talent.

— Il a peut-être travaillé chez ces gens quand il voyageait, ai-je suggéré.

— Pour faire quoi?

— C'est ce qu'on va lui demander! On va l'interroger subtilement sur son passé. Il nous livrera bien quelques éléments!

Nous avons remercié M. Chanteclerc de sa si gentille invitation et nous avons promis que nous reviendrions le voir le lendemain.

— Mais si vous apprenez quelque chose de super-important, appelez-nous à l'auberge des Fleurs, a précisé Alexis.

— Juré!

M. Chanteclerc est vraiment étonnant; il donnait l'impression de rajeunir à chacune de nos visites. Il était si alerte, si vif! Pierre a dit qu'il aimerait lui ressembler quand il serait vieux.

— Moi aussi, a approuvé Alexis.

En préparant le repas, on a parlé de M. Chanteclerc à Juliette. On lui a un peu menti quand on a expliqué comment on l'avait rencontré. J'ai dit qu'il avait échappé quelque chose de son balcon et qu'on le lui avait rapporté. Elle nous a proposé de l'inviter à manger le lendemain à l'auberge.

— Oui! Il va être super-content!

— On devrait peut-être sonner chez Olivier, a repris Juliette, il pourrait se joindre à nous ce soir? Il adore le boeuf bourguignon.

— J'y vais, ai-je proposé.

J'ai sonné trois fois à sa porte sans succès et je suis revenue à l'auberge.

— Il doit être resté au théâtre, a dit Juliette. Mais non! Suis-je bête! Il a laissé un mot spécifiant qu'il s'en allait à Salt Lake City, pour un *casting*. Il me demandait de garder un colis qu'on lui livrerait en son absence. Comment ai-je pu l'oublier? Je dois être obsédée par mes fleurs et mes confitures!

Elle a ri et on s'est efforcés de l'imiter, mais on pensait tous les trois qu'une des personnes de la liste, M. Thompson, habitait à Salt Lake City: que lui voulait Olivier?

— Il y a longtemps qu'il est parti?

— Je ne sais pas. J'ai trouvé son mot en rentrant de la poissonnerie. Il y aura du homard à manger demain soir!

Comme on ne disait rien, Juliette s'est inquiétée:

— Vous n'aimez pas le homard? Je croyais

vous faire plaisir!

— Si, si.

— Vous semblez bien distraits? Qu'est-ce qui vous tracasse?

— Rien.

— C'est la mort d'Arielle?

Juliette a soupiré et dit qu'on devait accepter ce qu'on ne pouvait pas changer.

— C'est trop facile à dire, a protesté Alexis. C'est injuste que son meurtrier reste impuni.

— Les policiers cherchent toujours. Ils m'ont même rappelée pour savoir si des détails m'étaient revenus à l'esprit. Mais non, hélas... Je voudrais bien les aider.

Après le repas, on a décidé de se promener dans Québec. On avait trop lu et relu la liste; il nous fallait une certaine distance pour la voir d'un oeil neuf.

La soirée était si douce que je m'interrogeais en contemplant les étoiles: pourquoi les humains préfèrent-ils tuer leurs semblables plutôt que de profiter de la beauté du monde? C'est souvent l'envie qui pousse des gens au meurtre; ils ne peuvent pas se repaître des merveilles de la nature.

Les chefs d'État qui décident des guerres, des emprisonnements d'innocents et des tortures ne prennent sans doute jamais le temps d'admirer un coucher de soleil, les pétales froissés d'un pavot ou la chrysalide d'un papillon.

Souvent, je m'inquiète pour l'avenir; je me demande si j'aurai des enfants. Et si mes enfants pourront voir des monarques et des étoiles, des champs de fleurs sauvages et des pingouins. Qu'est-ce qui restera de notre monde dans cinquante ans? Est-ce qu'un homme sera assez furieux pour lancer une bombe? Je ne parle presque jamais de ces choses, mais ça ne m'empêche pas d'y penser.

De retour à l'auberge, on a joué au Monopoly. Mais on manquait d'enthousiasme, car on y avait joué presque tous les soirs depuis notre arrivée.

— On devrait s'acheter un jeu de Go, a dit Pierre. Il paraît que c'est encore plus compliqué que les échecs.

— Mais ça se joue à deux, ai-je protesté.

— On jouera chacun son tour, a rétorqué Alexis. Eugénie m'a déjà parlé du Go. Elle adore ça.

Si Eugénie aimait ça, on pouvait être assurés qu'on irait bientôt chercher la planche de Go et les pions. On a bavardé longtemps après avoir éteint la lampe, car on ne parvenait pas à s'endormir.

J'ai rêvé qu'Olivier jouait le rôle d'un dictateur et obligeait des savants à construire une bombe atomique. Il fallait que la bombe soit larguée sur Salt Lake City avant que M. Chanteclerc n'ait fini l'ascension du mont Blanc.

Si M. Chanteclerc atteignait le sommet plus tôt, Olivier devait lui révéler quels étaient les liens entre les individus inscrits sur sa liste. Dans la salle de contrôle de la centrale nucléaire, il y avait le chapeau au ruban jaune d'Arielle. Le ruban se transformait en serpent qui menaçait de m'étrangler.

Je me suis réveillée en sueur, suffoquant. J'ai rejeté les draps afin de vérifier s'il n'y avait pas de boa dans mon lit. Je suis allée à la fenêtre; tous les stores étaient baissés chez Olivier.

J'allais me recoucher quand il m'a semblé voir une lueur en face. Ce n'était pas une lumière comme celle qui éclaire toute une pièce, mais un éclair fugitif. Si fugitif que je suis restée dix minutes à regarder l'appartement d'Olivier sans revoir cet éclair. Est-ce que j'avais rêvé? Je me suis recouchée en me demandant si j'aurais bientôt des réponses à toutes mes questions.

On n'a pas pu rejoindre M. Chanteclerc avant le milieu de l'après-midi, car Juliette avait besoin de nous. On a lavé toutes les couvertures de laine de l'auberge et ciré les meubles de la salle à manger. J'étais en nage quand j'ai terminé et j'ai dû me changer pour aller chez M. Chanteclerc. J'ai mis ma robe noire avec des bretelles rouges. Il me semble qu'elle me va bien, mais les garçons n'ont fait aucun commentaire.

Évidemment, je ne m'appelle pas Eugénie.

Chapitre 8

La liste

En chemin, j'ai raconté à Pierre et Alexis que j'avais aperçu une lueur chez Olivier durant la nuit. Alexis a mis en doute ce que j'avais vu:

— Tu devais être encore endormie. Olivier est aux États-Unis.

— Mais peut-être que quelqu'un a justement profité de son absence pour s'introduire chez lui? a dit Pierre. Quelqu'un qui cherche quelque chose en particulier? Comme la liste? Olivier ne l'a pas si bien cachée sans raison.

— Il est sûrement mêlé à un trafic international. Et il doit avoir des rivaux.

— Et Arielle dans tout ça?

— Elle a peut-être été témoin d'un crime? Ou elle a entendu une chose qui devait rester secrète? On ne l'a pas tuée sans motif. Et je doute que ce soit un crime passionnel.

— Pierre, tu l'as vue de tes propres yeux sortir vivante de chez Olivier.

— Et alors? Il a pu la tuer plus tard.

— Et la jalousie dont tu parlais plus tôt?

— Je n'y crois plus; ça ne cadre pas avec une conspiration internationale. J'espère que M. Chanteclerc aura des précisions sur les noms inscrits sur la liste.

Pierre sonnait à la porte de l'immeuble de M. Chanteclerc quand un pigeon a laissé tomber sa fiente sur la tête d'Alexis. Dès qu'il a levé la tête, il a hurlé «Tassez-vous».

On n'a pas pris le temps de réfléchir, on a obéi! Une brique est tombée à nos pieds. Sans le pigeon, un de nous aurait reçu cette masse sur le crâne! Un de nous aurait été assommé. Ou même pire. Je me suis mise à trembler en y pensant. Pierre et Alexis n'en menaient pas large non plus. Alex ne songeait même pas à nettoyer ses cheveux. Ce sont les cris de M. Chanteclerc qui nous ont distraits de notre frayeur.

— Qu'est-ce qui se passe? a-t-il dit de

son balcon. Vous avez sonné, mais vous ne montez pas?

— Si, on arrive.

On lui a raconté notre mésaventure tandis qu'Alexis se lavait les cheveux.

— J'ai dit vingt fois au propriétaire qu'il fallait refaire le toit. Cet hiver, c'est une partie de la gouttière qui a failli m'envoyer dans l'autre monde. Enfin, j'ai des renseignements qui vont vous intéresser.

M. Chanteclerc avait rejoint ses amis, qui l'avaient beaucoup aidé. En nous attendant, il avait préparé un tableau avec plusieurs colonnes:

NOM — LIEU — MÉTIER — HOBBY OU COLLECTION — ANTÉCÉDENTS

1) Raffin, Dominique — Paris — Banquier — Oeufs de Fabergé — Néant

2) Yagashi, O. — Tōkyō — Électronique (médecine) — Impressionnistes — Soupçonné de financer un trafic d'armes, aucune preuve

3) Woolf, Pietr — Anvers — Diamantaire — Sculpture du XIXe siècle, peinture préraphaélite — Condamnation en 1974 pour trafic de drogue

4) Thompson, Wyatt — Salt Lake City —

Industriel (acier) — Armes à feu, expressionnistes — Soupçonné d'avoir organisé, en 1988, trois vols dans des musées, aucune preuve

5) Rochette, Jean — Montréal — Chaîne hôtelière — Peinture américaine du début du siècle, chandeliers, argenterie, sculptures — Néant

6) Tozzi, Vincenzo — Vintimille — Industriel — Impressionnistes — Soupçonné de liens avec la Mafia, drogue

7) Cross, Charles — Leeds — Industriel (métallurgie) — Porcelaine, argenterie, bronze — Soupçonné de trafic d'oeuvres d'art, homme de main condamné en 1987

8) Friedmann, Percy — New York — Assureur — Aucune collection — Aucune condamnation, excellente réputation

— Je n'ai pas pu obtenir d'information sur les autres, a dit M. Chanteclerc, mais ça viendra. En tout cas, il y a une idée qui se dégage de ce tableau...

— Oui, ce ne sont pas tous des enfants de choeur, ai-je dit.

— Mais ils sont tous intéressés par l'art, a ajouté Alexis. Même s'ils ne collectionnent pas la même chose.

— Rien de très très vieux cependant, a fait remarquer Pierre. Je ne m'y connais pas tellement en peinture, mais j'ai feuilleté souvent des livres d'art. Il me semble que tous nos collectionneurs se passionnent pour le siècle dernier. Sauf Thompson, avec ses armes à feu, mais il s'intéresse aussi aux expressionnistes. Qu'est-ce que ça veut dire, tout ça?

— Je ne peux pas croire qu'Olivier les connaisse tous.

Je me suis alors souvenue que M. Chanteclerc ignorait que le comédien était parti à Salt Lake City.

— Vous en êtes sûrs? a-t-il dit. C'est une coïncidence bien étrange!

On approuvait, persuadés qu'Olivier Bronquard était en compagnie de Thompson à ce moment précis.

— Mais pourquoi l'a-t-il rencontré, lui plutôt qu'un autre membre? Que doivent-ils décider ensemble?

— C'est peut-être son patron? ai-je suggéré.

— Et les autres?

J'ai soupiré, avoué mon ignorance. Cette énigme était la plus difficile que nous ayons jamais eue à résoudre.

— Allons, ne vous laissez pas envahir par le découragement, a murmuré M. Chanteclerc. Il y a une solution à chaque problème.

— On devrait compléter la liste, même s'il nous manque des informations, a proposé Pierre.

M. Chanteclerc a pris aussitôt un crayon pour inscrire les trois derniers noms:

9) Trottier, André — Montréal — Publicité — Artefacts, Lempicka, Van Dongen — Néant

10) Poiret, Hélène — Honfleur — ? — ? — ?

11) Merrick, Sam — Miami — Chanteur — ? — ?

— Non, non, pas de points d'interrogation, ai-je protesté. J'ai lu dans une revue qu'il collectionnait les motos.

— Et il a été condamné pour excès de vitesse, a précisé Alexis.

— Et il a commis une agression, a ajouté Pierre.

— Une agression? a demandé M. Chanteclerc.

— Oui, contre un photographe qui l'avait suivi toute une soirée. À la fin, Merrick a tenté de lui arracher son appareil.

M. Chanteclerc nous a fait observer que notre chanteur avait un profil bien différent des autres membres de la liste. Les motos n'ont rien à voir avec les tableaux de maîtres.

— Non, ai-je admis. Le seul rapport qu'il entretient avec l'art est un lien de parenté avec son oncle commissaire-priseur. Vous savez, celui qui a été assommé, à qui on a volé *Les danseuses* de Van der Velt.

— Olivier le connaît, a dit Alexis. Quand j'ai téléphoné à Miami, j'ai rejoint les appartements privés de Merrick. Je n'ai pas appelé dans une agence ou à un bureau de production; c'était la propre voix de Sam Merrick. Je suppose qu'il faut être assez intime avec une star pour qu'elle nous donne son numéro de téléphone personnel. Qu'a pu faire Olivier pour que Merrick s'intéresse à lui?

On regardait le tableau en tentant de percer son mystère quand Pierre a proposé qu'on se renseigne davantage sur l'assureur:

— C'est le seul qui cloche dans le décor. Pourtant, il a un lien avec les autres, puisqu'il est sur la liste.

— Peut-être qu'il assure les biens de certains d'entre eux?

— Mais oui! a dit Alexis en faisant claquer ses doigts! C'est sûrement ça!

— Je vais essayer de le vérifier, a dit M. Chanteclerc. Pendant ce temps, vous pouvez regarder l'album de photos. J'en ai quelques-unes d'Olivier et de Ludivine. Peut-être que cela vous inspirera une stratégie?

On était prêts à tout pour trouver une solution, mais on ne pouvait pas deviner que l'album nous livrerait une partie du mystère. On regardait les photos attentivement, s'étonnant de voir un Olivier beaucoup plus jeune, en costume d'époque ou en clochard, en complet-veston ou en zouave. Il était très différent d'une photo à l'autre. Un vrai caméléon, comme l'avait si bien dit M. Chanteclerc.

Ludivine n'avait presque pas changé; elle était très jolie dans une robe de dentelle blanche pour jouer *La mouette*. M. Chanteclerc avait écrit le titre de la pièce et l'année où on l'avait jouée, ainsi que ses commentaires sur le travail des comédiens.

Nous avions presque oublié notre enquête en feuilletant l'album, mais Alexis a crié tout à coup qu'il avait la solution:

— Regardez, là, c'est Olivier. Déguisé en femme!

— Et alors? a dit Pierre.

M. Chanteclerc a accouru à ce moment:

— Que se passe-t-il?

— C'est Olivier que Pierre a vu quand il a cru apercevoir Arielle, ai-je deviné. C'est ça, Alexis?

Mon ami a hoché la tête avec un grand sourire.

— La pseudo-Arielle ne s'est pas retournée quand tu l'as saluée, Pierre. Rappelle-toi! Tu n'as pas vu son visage.

Pierre a sifflé entre ses dents:

— Olivier est vraiment très doué. Il avait sa démarche! Mais pourquoi a-t-il pris sa place? Pourquoi voulait-il me faire croire qu'elle avait quitté son appartement tôt le matin?

— Parce que la vraie Arielle ne pouvait quitter son appartement. Parce qu'il l'avait déjà tuée, a dit M. Chanteclerc.

Nous nous sommes regardés en frémissant, sentant que notre hôte disait la vérité. La sonnerie du téléphone nous a tous fait sursauter.

— C'est sûrement Lydia, a dit M. Chanteclerc en se dirigeant vers son bureau.

Il est revenu quelques minutes plus tard, l'air satisfait:

— Lydia m'a appris que la compagnie de M. Friedmann assure surtout des oeuvres d'art. Dont *Les danseuses* de Van der Velt...

— Quoi?

— Il n'a pas pu savoir à combien se chiffre la perte de ces *Danseuses*, mais M. Friedmann devra rembourser M. Merrick.

— Ça ne change rien pour M. Merrick, puisqu'il voulait vendre de toute manière ses sculptures. Il aurait eu l'argent de la vente, il aura l'argent des assurances.

— Non, m'a contredit M. Chanteclerc; il aurait peut-être obtenu davantage aux enchères. Et puis il a été assommé par cette femme qui a disparu depuis avec les sculptures.

— Olivier a un lien avec elle, ai-je dit. Récapitulons: *primo*, une femme vole les statues à Matthew Merrick. *Secundo*, Arielle disparaît. *Tertio*, on découvre une liste avec le nom de l'assureur et celui de Sam Merrick. *Quarto*, on retrouve le corps d'Arielle. *Quinto*, Olivier disparaît à Salt Lake City où habite M. Thompson.

— Je suis d'accord, a dit Pierre. Olivier doit connaître la voleuse.

— Il doit la connaître très intimement, a

murmuré M. Chanteclerc. Il peut même être elle!

— Elle? Vous pensez qu'il s'est aussi travesti en femme pour assommer M. Merrick? Pourquoi?

— Parce qu'il fallait endormir la méfiance de la victime. M. Merrick a pris des renseignements sur la journaliste.

— Mais il aurait tout aussi bien pu se faire passer pour un reporter masculin, a dit Pierre. Qu'avait-il à y gagner?

— Si des gens l'avaient vu arriver chez M. Merrick ou sortir de chez lui, ils témoigneraient de la présence d'une femme chez la victime. M. Merrick lui-même a parlé d'une femme aux policiers. Et puis, Matthew Merrick est de la vieille école qui s'imagine que les femmes sont des petites choses fragiles et oisives. Il a sûrement trouvé charmant qu'une jolie femme veuille l'interviewer.

Malgré la gravité de l'agression, je n'ai pu m'empêcher de sourire en faisant remarquer que M. Merrick aura sûrement changé d'idée sur la faiblesse des femmes.

— Oui, a repris M. Chanteclerc, mais il parlera d'une noire aux policiers qui ne rechercheront pas un homme... S'ils ont fait un portrait-robot, c'est celui d'une femme. C'est une femme qu'on surveille dans les gares et les aéroports.

— Et Arielle, dans tout ça? Ce serait une curieuse coïncidence qu'au moment même où Olivier est mêlé à cette histoire, cette pauvre Arielle soit assassinée par hasard; elle devait en savoir trop sur ces manigances...

J'approuvais le raisonnement de mon cousin, mais comme j'étais allée chez Olivier pour fouiller, je savais qu'il n'y avait pas de cadavre chez lui.

— Il l'a peut-être tuée durant la nuit précédant le moment où tu as cru voir Arielle, mais comment s'est-il débarrassé du corps?

— On devrait prévenir les policiers, a dit M. Chanteclerc. Ils soupçonnent déjà Olivier Bronquard, puisqu'ils vous ont interrogés à son sujet.

— Qu'est-ce qu'on leur dira? a demandé Alexis. On pense qu'Olivier a tué Arielle, mais il s'est défait du corps sans qu'on devine comment. J'ai cru qu'il l'avait étranglée, ensuite j'ai cru que le corps était caché dans le tapis, et je me suis trompé les deux fois. D'ailleurs, j'aurais dû me douter de mon erreur: Olivier n'aurait pas étranglé Arielle sous mes yeux. On est plus discret quand on commet un meurtre.

— Tu as raison, a dit Pierre.

— Non, il a tort, ai-je avancé. Je crois qu'Olivier s'est servi de nous comme alibi.

— Explique-toi.

— Olivier savait qu'Alexis regarderait chez lui. C'était inévitable; il laissait les rideaux tirés et la lumière ouverte dans ce but. Personne n'aurait manqué de curiosité au point de ne pas tenter de voir ce qui se passait en face. Olivier voulait qu'Alexis croie qu'il l'avait vu étrangler Arielle.

— Pourquoi? s'est impatienté Alexis.

— Attends! Il t'a fait marcher une première fois. Puis une deuxième, avec le tapis. Il nous a expliqué qu'il jouait une scène de meurtre. Ce qui fait qu'au moment où il a réellement tué Arielle, on a cru qu'il continuait à répéter.

— Il l'a tuée sous nos yeux? s'est écrié Pierre, horrifié.

— C'est épouvantable. Mais c'est possible. On l'a regardé serrer la gorge d'Arielle en pensant qu'il faisait semblant. On pouvait témoigner, si les policiers poussaient leur enquête, qu'on avait vu Arielle et Olivier répéter tard le soir. Et toi, Pierre, tu perfectionnais son alibi en disant que tu avais vu

Arielle quitter l'appartement le lendemain matin. On supposait donc qu'elle était vivante, alors qu'elle était morte depuis plusieurs heures.

— Et son cadavre? Tu l'oublies?

J'ai haussé les épaules, bredouillé qu'il devait l'avoir mis la nuit dans sa camionnette, avant de ressortir déguisé en Arielle.

— On n'a pas de preuve, a dit Pierre. De plus, je doute qu'il ait laissé le corps dans sa camionnette. C'était trop dangereux. Il aurait dû s'en débarrasser immédiatement plutôt que revenir chez lui pour s'habiller en femme.

— Il a donc conservé le corps à son appartement? a grimacé Alexis. Mais il n'y était pas quand tu es allée chez lui, Nat.

— Il l'a fait disparaître entre l'aube et l'après-midi.

— Comment? On a surveillé ses allées et venues continuellement.

Alexis disait vrai. On a récapitulé cette journée, heure par heure. Ce n'était pas si facile, même si les événements étaient récents. Je comprenais mieux que les témoins d'un crime aient des versions différentes et parfois embrouillées d'un meurtre. La mémoire est bien capricieuse!

— Eh! Je sais! a crié Pierre. Il l'a cachée dans la malle! Tu te souviens, Alexis? On s'est demandé pourquoi il nous mentait en nous disant que la malle n'était pas lourde. Le corps d'Arielle devait s'y trouver.

Eurêka! On a hurlé de contentement.

Chapitre 9
Le piège

— Il faut prévenir la police, a dit M. Chanteclerc. Ils arrêteront Olivier quand il rentrera des États-Unis. Ils devraient aussi s'informer sur M. Thompson; peut-être qu'il est en cheville avec Olivier, ou peut-être qu'il sera sa prochaine victime. Olivier a tué Arielle; qu'est-ce qui l'empêcherait de recommencer? Je n'aime pas la délation, mais on n'a pas le choix.

— Non, je ne suis pas d'accord, a protesté Alexis. Les enquêteurs vont rire de moi comme la première fois. Il nous faut des preuves. Attendez jusqu'à demain matin!

M. Chanteclerc a hésité, mais il a accepté

de différer sa visite chez les policiers. On l'a quitté vers seize heures en lui faisant promettre de nous retrouver à l'auberge pour le repas; il fallait tout de même qu'on célèbre nos talents de détectives!

En montant vers l'auberge, j'élaborais le menu que je proposerais à Juliette; les garçons m'aideraient à tout préparer. Mon cousin est nul en cuisine, mais Alexis est assez gourmand pour être ingénieux. Il fait des feuilletés de crabe à la mangue qui sont hyper-délicieux.

Alexis m'écoutait énumérer les mets dont on se régalerait, mais Pierre semblait distrait. Quand je l'ai interrogé, il s'est rapproché de moi et m'a confié qu'il avait l'impression qu'on nous suivait.

— Ne te retourne pas tout de suite, mais il y a un type brun avec des lunettes qui ne nous a pas lâchés depuis notre départ de chez M. Chanteclerc.

— Attends, j'ai une idée.

J'ai fouillé dans mon fourre-tout vert pour prendre un petit miroir qui m'a permis de vérifier discrètement ce que Pierre disait.

— Tu as raison, mais il ne ressemble pas à Olivier. Il est plus grand.

— N'oubliez pas que c'est le génie du

déguisement, nous a rappelé Alexis. Qu'est-ce qu'on fait?

— On se promène un peu n'importe où pour voir s'il nous suit vraiment!

Il nous a suivis ainsi durant vingt minutes. Comme on était persuadés du fait, il a cessé brusquement sa filature. Il est entré dans un magasin et n'en est plus ressorti. On a attendu un bon quart d'heure avant de quitter les lieux pour rentrer à l'auberge.

— Je pense qu'on est un peu paranoïaques, ai-je dit. On s'imagine voir Olivier partout alors qu'on sait bien qu'il est aux États-Unis.

On a vite oublié notre méprise en racontant nos découvertes à Juliette. Elle nous écoutait, bouche bée, incrédule. Je pense qu'elle doutait un peu de ce qu'on lui narrait et qu'elle avait hâte à l'arrivée de M. Chanteclerc pour obtenir certaines confirmations.

Elle a dû s'incliner et reconnaître nos talents! On a passé une soirée très agréable à écouter M. Chanteclerc évoquer ses voyages. Il nous a montré des photos magnifiques: des champs de lavande et de tournesols en France, de tulipes en Hollande, des jonques en Asie, des derricks, le Grand Canyon, le Taj Mahāl, une maman éléphant

avec son petit, les fameuses gondoles véni-
tiennes, les pyramides, des petits villages
aux rues piétonnières, aux maisons d'un
blanc immaculé et des sanctuaires d'oiseaux.

J'ai moins aimé les photos d'une corrida,
mais je me suis attendrie en regardant des
koalas et des kangourous. Notre ami nous
faisait rêver et j'ai regretté qu'il rentre chez
lui à onze heures; je l'aurais écouté toute la
nuit!

Il nous a convaincus de parler à la police,
même si on devait avouer qu'on avait fouillé
chez Olivier. Il nous a promis que son amie
Louise, qui était avocate, serait au rendez-
vous. On ne pouvait pas avoir de véritables
ennuis. On devait retrouver M. Chanteclerc
le lendemain midi.

Il nous a téléphoné à neuf heures pour
nous demander d'avancer le rendez-vous. Il
nous a donné l'adresse de Louise, d'où l'on
partirait pour aller faire notre déposition à la
centrale de police du parc Victoria. Comme
il y avait un magasin de jeux dans la basse-
ville, Alexis a suggéré qu'on achète le jeu de
Go en chemin. Je crois qu'il voulait afficher
une certaine désinvolture... dont il se vante-
rait ensuite auprès d'Eugénie.

Il faisait très beau et la satisfaction d'avoir

élucidé un mystère de plus ajoutait à notre plaisir; j'avais hâte de tout raconter à Isabelle et Didier. On a choisi un jeu de Go et on a racheté de faux billets pour les jeux de Monopoly et de Risk de l'auberge, car certains étaient vraiment trop usés. En regardant la pile de billets, j'ai imaginé tout ce que je pourrais faire s'ils étaient vrais! Pierre chantait en quittant la boutique de jeux.

L'instant d'après, il manquait de se faire renverser par une voiture. Le conducteur, qui n'avait pas respecté l'arrêt, n'avait même pas freiné pour voir s'il nous avait touchés! Quel monstre!

Alexis et Pierre étaient aussi furieux que moi, mais on n'avait pas eu le temps de noter le numéro de la plaque d'immatriculation. Sinon, en allant voir les policiers, j'aurais porté plainte! Tout ce que j'avais vu, c'est un conducteur aux cheveux blancs.

On dit que les jeunes sont dangereux au volant, et c'est vrai qu'on aime la vitesse. Mais il y a des personnes âgées qui sont tout aussi menaçantes, qui entendent et voient très mal et qui possèdent quand même un permis de conduire!

— Et si on avait fait exprès? a demandé Alexis.

— Exprès de nous écraser?

— Oui. On nous a peut-être vraiment suivis depuis hier. Ou même avant!

— La brique! Celle qui a failli nous assommer quand on entrait chez M. Chanteclerc.

Cela signifiait qu'on était peut-être en danger en allant rejoindre notre ami.

— On devrait aller directement voir les enquêteurs, non?

— On ne sait même pas à qui parler. Ils ne nous croiront pas. Dépêchons-nous plutôt de rejoindre M. Chanteclerc.

— Et si c'était un piège?

— Un piège?

Pierre a dit qu'il trouvait bizarre que M. Chanteclerc nous donne rendez-vous chez son amie.

— On devrait appeler chez lui pour vérifier. Il y est peut-être?

On a téléphoné d'un restaurant et, malgré ma peur, j'avais très envie d'une poutine; on n'avait malheureusement pas le temps de s'attabler. Pierre a raccroché en disant que M. Chanteclerc était absent.

— Il doit donc être au rendez-vous.

— Appelle aussi chez l'avocate.

Pierre s'est exécuté; c'est M. Chanteclerc

qui lui a répondu. Il a confirmé qu'il nous attendait.

— Bon, on y va, a fait Alexis.

— On devrait tout de même prendre certaines précautions, ai-je dit. Si Olivier nous suivait chez l'avocate?

— Il est à Salt Lake City.

— On n'en a aucune preuve. Il nous guette peut-être depuis un bon moment.

On a accéléré le pas tout en nous retournant fréquemment pour voir si on nous suivait, mais si c'était le cas, notre espion était hyper-discret! On est arrivés à l'adresse indiquée par M. Chanteclerc sans avoir démasqué qui que ce soit.

L'immeuble était peu invitant; il était décrépi et semblait désaffecté.

— On devrait faire demi-tour, ai-je dit.

— Mais non, Louise habite sûrement dans un loft, au dernier étage. C'est très à la mode.

— Et si j'attendais ici? Ce serait plus prudent! Vous entrez, vous discutez avec M. Chanteclerc. Si vous n'êtes pas revenus me chercher au bout de cinq minutes, je vais appeler à l'aide.

Je n'aimais décidément pas l'endroit où on était. Pierre a approuvé mon idée; ça ne coûtait rien de prendre cette précaution.

— Vous direz que je dois vous rejoindre dans les dix minutes si on s'inquiète de mon absence.

Je les ai regardés monter l'escalier assez mal éclairé en me disant que leurs coeurs battaient certainement aussi fort que le mien. Pourtant, Pierre avait bien parlé à M. Chanteclerc; pourquoi est-ce que j'avais si peur? Je tendais l'oreille, mais Alexis avait raison, Louise devait habiter au quatrième étage. J'entendais très mal. Mais il m'a semblé percevoir un cri de surprise. Était-ce encore mon imagination? Je regardais ma montre sans arrêt.

Quand les cinq minutes fatidiques ont été écoulées, je suis sortie de l'immeuble sans me poser plus de questions. J'ai hélé un taxi et je suis allée à la centrale de police directement.

Évidemment, on ne m'a pas tout de suite crue. J'ai dû répéter mon histoire plusieurs fois. J'avoue que je m'embrouillais un peu, mais j'avais si peur pour les garçons! On m'a fait jurer que ce n'était pas une plaisanterie, j'ai rétorqué que j'en savais beaucoup trop sur cette histoire pour que ce soit un jeu.

Quand j'ai commencé à expliquer quels

liens unissaient Olivier Bronquard aux membres de la fameuse liste, ils se sont dit qu'en effet j'étais drôlement bien renseignée.

— Il faut faire vite! Les garçons ont sûrement des ennuis!

On a enfin accepté de m'accompagner jusqu'au loft. Sans faire hurler la sirène pour ne pas signaler notre arrivée. Un policier m'a suivie jusqu'en haut, j'ai frappé à la porte. M. Chanteclerc m'a répondu.

Que se passait-il? Pourquoi les garçons m'avaient-ils oubliée?

M. Chanteclerc devait être forcé de répondre, sous la menace. Habituellement, sa voix n'était pas si métallique.

— C'est moi, M. Chanteclerc, ai-je dit le plus naturellement possible.

J'ai entendu un déclic, je me suis cachée derrière le policier et celui-ci a sorti son pistolet. Olivier, qui n'était pas déguisé, n'a pas eu le temps de dégainer. Il a hurlé, puis il a bousculé le policier, mais d'autres l'attendaient en bas.

On a entendu trois coups de feu, d'autres cris. Mais ma peur était plus forte que ma curiosité et je ne suis pas redescendue pour voir ce qui se passait. Je préférais attendre que ce soit plus calme.

Le policier qui m'escortait est entré avec moi dans le loft. J'ai couru vers Pierre et Alexis qui étaient attachés à un radiateur et bâillonnés. Ils transpiraient abondamment et ce n'était pas seulement la chaleur qui causait leurs suées! Ils avaient eu encore plus peur que moi!

Alexis a pourtant réussi à dire qu'il aurait aimé, avant d'être détaché, qu'on le photographie dans cette posture pour pouvoir montrer cette image à Eugénie! Il est vraiment dingue!

On a vite compris qu'il était aussi arrivé quelque chose à M. Chanteclerc; Olivier avait imité sa voix à la perfection pour nous tromper, mais il n'avait pu le faire qu'après s'être assuré du silence de son ancien professeur d'escrime.

Deux policiers nous ont accompagnés chez M. Chanteclerc tandis que les autres amenaient Olivier au poste de police. Tandis que nous nous rendions chez notre ami, un enquêteur nous a expliqué que la fuite d'Olivier les avait servis:

— Il s'est trahi. On n'a même pas eu besoin d'entrer et de vous voir prisonniers pour savoir qu'il était coupable.

— Espérons qu'il n'a pas...

Je n'ai pu terminer ma phrase tellement j'étais anxieuse en imaginant le sort de M. Chanteclerc. Les policiers sont entrés avant nous, nous ordonnant de rester à l'extérieur. Ils voulaient nous éviter le pire. On l'avait compris et on tremblait, tous les trois, d'apprendre une terrible nouvelle quand on a entendu un policier nous appeler.

— Votre ami est secoué, mais il est toujours vivant. On va l'amener à l'hôpital. Il a reçu de sérieux coups.

M. Chanteclerc n'avait pas perdu pour autant son sens de l'humour et il m'a fait un clin d'oeil en disant qu'il préférait nettement l'escrime à la boxe!

On est allés le visiter à la fin de l'après-midi. Il semblait beaucoup moins souffrant. Il avait surtout hâte de savoir la fin de l'histoire. Est-ce qu'Olivier avait avoué? Et quoi, exactement?

— Je veux tous les détails! a exigé M. Chanteclerc.

— On doit d'abord vous dire que les policiers nous ont crus.

Ils nous avaient même félicités de nos déductions. Ils étaient allés chercher la malle. Même si Olivier l'avait nettoyée, il devait rester des traces infimes qui feraient le bonheur des techniciens de la police. Et, bien sûr, ils fouillaient l'appartement d'Olivier de fond en comble.

— Alors? Vous savez tout sur la liste?

— Oui! Olivier a parlé. Il s'est effondré tout de suite et a trahi son complice, Sam Merrick!

— C'est même Merrick qui a tenté de nous écraser alors qu'on venait vous rejoindre au loft! a dit Alexis.

— Et la brique que tu as failli recevoir sur la tête?

— Non, ça, vous devrez en parler à votre propriétaire!

M. Chanteclerc a acquiescé silencieusement, mais il s'est redressé pour nous interroger:

— Je suppose qu'Olivier n'est jamais allé à Salt Lake City?

— C'est bien ça, ai-je confirmé. Bronquard a deviné qu'on se doutait de quelque chose quand on a brisé la vitre pour s'introduire chez lui. Il voulait apprendre ce qu'on savait sur son compte. Il fallait qu'on se découvre encore davantage; il espérait qu'on serait moins prudents après son pseudo-départ.

— Mais il nous espionnait durant tout ce

temps... Quelle histoire!

— Les journaux feront paraître cette nouvelle demain, a dit Pierre.

— Avec vos témoignages?

Alexis avait les yeux si brillants en répondant qu'on avait pris des photos de notre trio...

— Et alors? La liste?

Je lui ai répété ce que les policiers nous avaient rapporté: Olivier Bronquard s'était effectivement déguisé en femme pour obtenir une entrevue avec Matthew Merrick. Il l'avait assommé et s'était emparé des *Danseuses* de Van der Velt. Il avait volé ces sculptures à l'instigation de Sam Merrick qui voulait se venger de son oncle.

— Mais comment?

— Sam avait besoin d'argent pour commanditer un nouveau spectacle, car son étoile a un peu pâli récemment. Et la publicité coûte très cher. Mais son oncle n'a pas voulu l'aider. Sam a donc demandé à Olivier de voler les statues.

— Mais c'est M. Merrick qui va toucher l'argent des assurances, pas Sam. À moins qu'Olivier n'ait raté son coup et n'ait désiré tuer M. Merrick plutôt que de l'assommer?

Non. J'ai expliqué à M. Chanteclerc que Sam et Olivier projetaient de vendre *Les danseuses* à l'assureur. Vendre moins cher que le montant des assurances. M. Friedmann y gagnait; il rendait les statues à M. Merrick en inventant une quelconque histoire, mais il économisait même s'il les achetait aux voleurs.

Le hic, c'est que les voleurs craignaient de ne pouvoir corrompre M. Friedmann, car l'honnêteté des assureurs est reconnue... Ils avaient donc dressé une liste d'acheteurs potentiels. Sam pouvait les rencontrer facilement, puisqu'il est célèbre, et tâter le terrain. Tenter de deviner qui voudrait des *Danseuses*, qui paierait le plus. Il était même question de tenir des enchères secrètes pour faire monter les prix.

— Et Arielle?

— Arielle a su qu'Olivier avait volé les statues parce qu'elle les a vues chez lui. Il les avait dissimulées dans le panier à linge, mais elle s'est coupée au doigt, a pris une débarbouillette pour éponger le sang. Puis elle a jeté cette serviette dans le panier. Et elle a reconnu les sculptures.

— Et il l'a tuée...

— Pas tout de suite. Il a tenté de la convaincre d'accepter une partie de la somme qu'il toucherait. Elle hésitait. Puis on est arrivés; il a compris qu'on l'observait depuis notre mansarde et l'idée lui est venue d'étrangler Arielle et de se servir de nous comme alibi. Un vrai tordu!

— Quand je pense qu'on n'a rien fait, a dit Alexis.

— Vous ne pouviez pas deviner ce qui se passait! a protesté M. Chanteclerc. Vous êtes vraiment formidables.

— Et vous? Que s'est-il passé?

M. Chanteclerc a rougi. Il était gêné d'avouer qu'il s'était fait piéger très facilement. Il savait pourtant qu'Olivier était un vrai caméléon, mais il ne s'est douté de rien quand Olivier l'a appelé en se faisant passer pour un professeur du conservatoire.

— Je n'avais pas vu cet ami depuis longtemps. J'étais ravi de l'entendre. Il m'a annoncé sa visite. J'ai ouvert ma porte sans me méfier. Il m'a donné aussitôt un coup au menton. J'ai riposté, mais Olivier est plus fort qu'il ne le paraît et il a réussi à me maîtriser. Inutile de dire que j'étais fou de terreur quand j'ai songé qu'il s'en prendrait sûrement à vous! J'espère qu'il croupira longtemps en prison!

Le lendemain, Juliette a affiché dans le hall de l'auberge le reportage avec nos photos. Elle a même fait une photocopie de l'article, qu'elle a envoyée à son collectionneur amoureux.

Et, bien sûr, nos parents nous ont téléphoné pour avoir plus de précisions. On a minimisé les faits pour ne pas les inquiéter, mais mon père m'a dit que je le ferais vieillir avant le temps. Ils nous ont tout de même permis de rester une semaine de plus à Québec pour que nous nous occupions de M. Chanteclerc.

Celui-ci était rentré chez lui et il se sentait beaucoup mieux que ce qu'on avait dit à nos parents. Il était même assez en forme pour nous donner nos premiers cours d'escrime.

La veille de notre départ, un des avoués de M. Merrick est venu nous voir à l'auberge. Il voulait nous remettre une récompense! On a reçu chacun deux cents dollars!

Alexis m'a suppliée de l'accompagner dans une bijouterie pour choisir un cadeau pour Eugénie.

— J'aimerais lui offrir quelque chose en attendant de lui dédier le roman que je vais écrire...

J'ai donc hâte qu'un garçon soit aussi romantique avec moi!

Table des matières

Chapitre 1
Alexis Lupin 11

Chapitre 2
Le tapis 27

Chapitre 3
La malle 43

Chapitre 4
Le ruban jaune 59

Chapitre 5
M. Chanteclerc 77

Chapitre 6
Arielle 93

Chapitre 7
Le tour du monde 109

Chapitre 8
La liste 125

Chapitre 9
Le piège 141

Achevé d'imprimer
sur les presses de Litho Acme Inc.